# ぶくぶくあぶくの東京暮らし

◆ぶくぶくあぶくの東京暮らし◆目次

ひとり暮らしふたたび　9

# ぶくぶくあぶくの東京暮らし

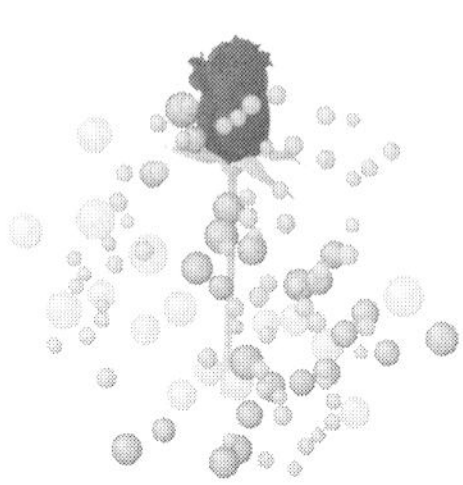

# ひとり暮らしふたたび

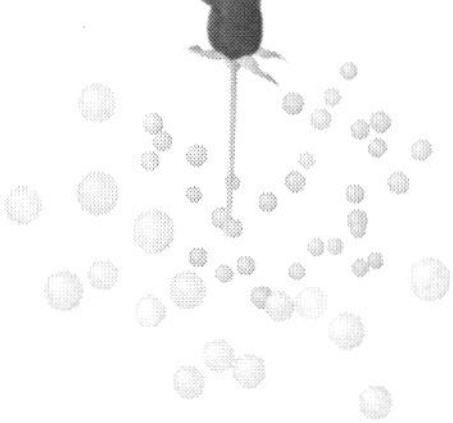

# 還暦にピアス

わたしが、これからは映画でいこうと決めたのは、五十七のときである。〝ソビエト版『戦争と平和』七時間一挙上映〟というのを観て、眠れないほど感動した。学生時代、何日もかけ、うんうんいいながらトルストイの『戦争と平和』を読んだ。あのときの感動を、呼び覚まされた思いだ。

これからは映画だと決めた。

ポスト子育てはなにをしようと、何年も悶々としていたのが、うそのように、目の前の霧が、さあっと晴れていく思いだった。

映画はすごいと思った。歴史も経済も政治も、そして人間の情愛、憎悪も、すべて含まれている。学ぶものが無尽蔵にある。

それまでは、仕事と子育てに追われ、映画を観る余裕はなかった。とりあえず可能な限り、多くの映画を観ていこうとした。

シネマ塾にも参加、各種映画祭でも、精力的に観ていった。


夢中で映画を観て、三年が過ぎた。

還暦を目前にし、わたしは、立ち往生のような気分だった。

映画を観てきたが、はたしてこれから、どう関わっていくのか。そんな、漠とした不安があった。どうしよう、どうしようと思うのだが、なにもいい考えは浮かばない。

六十という節目はもうすぐ。嫌だけど、仕方がないなあ。

そんなことを考えているとき、ふと、ピアス、開けたら、と思いついた。

若いときは、親からもらった体に穴をあけるなんて、と思ったものだが、もやもやする気持ちを吹き飛ばすには、なにかぱあっと、変わったことをしたかった。

六十の誕生日の少し前、ピアスを開けた。

気分は大変良かった。なれないから耳が気になるが、でもイヤリングを付けている時のような違和感はない。慣れれば、つけているのも忘れそうな軽い感じである。固まったら、洋服に合わせていろいろなピアスをつけようと、楽しみだった。

しかし、映画のほうは、状況は変わらない。

書くことは好きだが、理論的に考えるのは弱い。歴史や経済も弱く、映画評論は無理がある。

どうしよう。年は確実にとっていく。いったい自分は、どんなおばあさんになるのだろう。そんな心地悪さに見舞われていた。

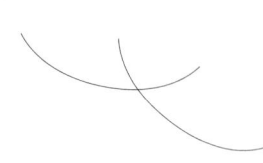

# 人生の先輩に学ぶ

六十の節目を、忘れたふりでやり過ごしたある日、友人を訪ねるために、東陽町からバスに乗っていた。

三年ぶりの訪問だ。

明治通りでバスを降り、カーテン屋と薬局の間の細い路地を、行った憶えがある。

バス停は北砂二丁目、いや三丁目かもしれない。どっちだったろう。

窓に額をつけるようにして、夕闇の広がりかけている外を見ていた。

「まもなく北砂二丁目です、お降りの方はブザーを……」のアナウンスで不安が増幅した。

約束の時間は迫っている。カーテン屋も薬局も見えない。誰か、降りる人がいればいいのだが。

バスが速度を緩めたとき、見覚えのあるMカーテンの看板が、目にとび込んだ。Y薬局も見える。助かった。

ブザーに手を伸ばそうとしたとき、ブザーが鳴った。

バスが止まり、おばあさんが降りた。わたしもあわてて降りた。バスは発車した。

路地に入ろうとした。

バスと反対方向に歩き出したおばあさんが、ぱっと振り向いた。目をつり上げ恐い形相で、わたしをにらみつけている。

「ちょっとあんた、わたしゃ腕痛くて上がんないんだよお、若いもんがブザー押さんかい！」

憎々しげに言うとくるっと向きを変え、すたすた行ってしまった。

不意打ちだった。

なによ、こっちにも事情があるんだようと、追いかけていってやりたかったが、時間がない。

おばあさんの小さな背中は、みるみる遠くに小さくなっていく。

ったくう、自己中ばあさん、足は丈夫らしい。

わたしも急がなければと、路地を早足で歩き出した。

歩いているうちに、なんだか笑えてきた。

言うじゃない、おばあさん、元気いい！

にらみつけられた時は、むかっとした。でもそんな腹立ちはすぐ消えた。おばあさんに、親近感さえ覚えるのが、不思議な気がする。

言いたいことをズバッといって、サバサバしているのか。

若いもんがだって……。

まいったなあ、おばあさんから見たら、わたしは若いわけ。腕だって痛くないし……ふふ、負けてはいられない。

わたしは、すがすがしい気分で足を速めていた。

その後もしばらく、おばあさんを思い出すと、笑いがこみ上げてくる。いつかおばあさんに、尊敬の念さえ抱くようになっていたのだった。

そんな自分の心の変わりようは、どうしたことだろう。

ずっと考えていたわたしは、ある日気がついた。

自分の言いたいことを言えばいいのだ。

人に絡むのでもなく、傷つけようとするのでもなければ、後にのこらないし、何らかの刺激をあたえるわけである。

言いたいことを言い、やりたいことをやるべし。

先ではわたしも、若者に辛口苦言のひとつも言える、元気いっぱいのおばあさんになりたいなあ。

映画では、好きな書くことで関わってみたらどうだろう。

そうだ、シナリオだ、シナリオの勉強をはじめよう。ともかくだめもとで、やってみよう。悶々していてもはじまらない。

まもなく、そんな方向が自然と決まっていた。

あんなに霧の中だったのが、うそのようだ。

それからまもなく、シナリオ・センターの門をたたいた。

そして早五年。道は遠く厳しいが、たくさんの若者と刺激し合い、勉強中である。

もやもやしていたわたしの心に、大きな石を投じてくれたおばあさんに、感謝感謝である。

# 対岸の花

数年前から、体がかゆく、アトピー様の症状がでてきた。

近くの漢方薬局で、薬を調合してもらい、飲みはじめた。

圭太の小さいときに似ている。わたしは海老アレルギーもあるし、ピリンもだめ。過敏症なのは前からわかっていたが。

映画館で、終わり近くなると腕や首の辺りがかゆくなる。気温が激変するときも、決まってかゆくなる。

映画館ではにわかに集中力が落ち、かゆみ止めをつけはじめる。

夜中に、かゆくて目が覚め、あわててかゆみ止めを塗りたくる。

六十過ぎての年齢特有の、かさかさからきているのだろうか。

同年輩の、何人かの友人に聞いてみる。

確かに、肌は乾燥してきているが、薬を塗るようなかゆみはないと、彼女たちは口を揃えて言う。

「ストレスじゃないの?」

と、一人が言う。

ストレスと言われ、ギクッとする。


六十を過ぎ、学びの場をみつけ、苦しくも楽しい生活である。

子育て中、ふっと想像したひとり暮らしの図……一年に一度ぐらいはオペラを観て、普段はひとりピーナツをぽりぽりやりながら、テレビを観ている絵。

そんな想像とは、大きく違ってはいるが、なかなか面白く、まんざらでもない生活だ。

六十も半ばで、パートナーもいなくてと、おもうときもあるがいたしかたない。一人の生活を、よりよくしようと思っている。

イタリア映画祭などで、老夫婦が仲良く来ている。あるいは日曜日、旅装した老夫婦を駅で見かける。そんな時ふと、いいなあと思うが、所詮、高嶺の花。……いや、この表現はただしくない。対岸の花、あるいは遠岸の花と言うべきか。

お二人を、ちらちら見ながら、そんなことを考えたりもする。

わたしには自分の生活、愛すべき生活があると肝に銘じている。でも、しかし、ほんとうは、どうなのか……。わたしは、自分の心の深層を覗きこむように、考えはじめる。

シナリオ教室で勉強中と言うと、「いい趣味ね」と言われることがある。違う、趣味じゃない、本気なの。いつかは、不特定多数の人に、作品を読んでもらいたい、観てもらいたいのよと、わたしは話す。

学校では、作品を発表するといろいろの指摘をいただく。悔しいときもあるが、なるほど、ストンと胸に落ち、書き直そうと思えることも多い。講師から、「書き直してすこしずつ、良くなっていきます」と、コメントをもらえると嬉しい。

こうして、五年が経つ。昨年からコンクールに出しはじめたが、落ちまくっている。その都度、まだまだがんばるぞと、書き直そうと思う。

授業料、映画の代金、クラスメートとの飲み食いのお金、すべては先行投資。

出発が遅かったから、入賞する前に寿命がきたら、それはそれでいいじゃないか。

映画も、文章を書くことも、大好きなのだから。そう開き直りはできているはずである。

がしかし、心の奥の奥はどうか。

このまま、人生、エンドマークがついたら……。嫌だ、たまんない、と思っているのかもしれない。

ふと、先日観たイタリア映画『山猫』を思い出していた。

「御自身の内なる声に、耳を傾けてください」

## ひとり暮らしふたたび

ルキーノ・ヴィスコンティ監督の『山猫』の中のセリフである。

一八六〇年代、統一戦争後のイタリア・シチリア島の老公爵に、上院議員に立候補をすすめにきて断られた、要人の言葉である。

バート・ランカスター扮するサリーナ老公爵は、新旧交代、自分の時代は終わったことを痛感している。すべては、夢と野望を抱く、生命力あふれる甥に託し、潔く退き静かな余生をと考えている。

衰えゆく階級、貴族の衰退を描いた名作である。

『若者のすべて』『揺れる大地』『郵便配達は二度ベルを鳴らす』『家族の肖像』などなど、ヴィスコンティ作品は観る都度、これこそわたしの中のヴィスコンティ映画の最高作品と思ってしまうほど、どれも大好きな映画ばかりだ。

終わり近くの大舞踏会は圧巻。色とりどりのコスチュームに身を包んだ令嬢たちが、ワルツやマズルカを踊る。

公爵の甥、アランドロン扮するタンクレディと、彼の婚約者クラウディア・カルディナーレ扮するアンジェリカのしなやかで美しい舞い姿に、客席から深い吐息がもれる。魅力的なセリフも満載、三時間があっという間だった。

「御自身の内なる声に、耳を傾けて下さい」

ゴージャスな貴族の館で、そう言われるサリーナ公爵の苦渋の表情を思い出しながら、わたし自身の内なる声は……。

……いくら考えても、本音の本音はわからない。

それでも日は移ろい流れていく。サリーナ公爵のように、頭の良くないわたしは、とりあえず、今これだと思えることで、やっていくしかないのだろう。

# 東京の露天風呂

そんな時、友人から、都内のA温泉をすすめられた。「アトピーにいいし、リラックスできるし……。ゆったりする時間も必要よ」と言う。

温泉と聞くと、わたしはまず引いてしまう。友人たちと一泊で温泉に行く人、夫婦で行く人といろいろだが、もともと面倒なことは苦手、わざわざ電車で出かけるなんて、気が知れないと思っていた。

しかし、薬を飲みはじめて半年しても、かゆみは何の変化もない。

八月のある日思い切って、電車を乗り継ぎA温泉に行ってみた。

褐色の天然の温泉で、皮膚疾患に効き目ありと、表示がでている。いかにも効きそう。

湯気の上がる浴槽に、そろそろ足を入れる。熱いのに驚き、あわてでる。

洗い場では、三人のお年寄りが賑やかにおしゃべりしながら、体を洗っている。

浴槽は三つ、どれも熱い。何とか入らなくてはと、誰も入っていない端の浴槽に足を入れ、カランをひねって水を入れる。少しずつカランの周りがぬるめになり、体を沈めることができた。

隣の浴槽には、二人、入っているが、水を出しているのを気にも留めない風だ。ほっとしてしばらくぬくもる。

洗い場で背中を流し合っている三人のお年寄りが、顔を見合わせている。そのひとりが、わたしをみて、

「あまり水いれないでよね」と言った。

「すみません、あついので」

わたしは、水をうんと細く絞る。すると別の人が、

「入る前に、中のお湯、何杯もかければ平気だから」

と言う。わたしは早々に水を止め、洗い場に出て体を洗う。

その三人は、賑やかにおしゃべりをしながら浴槽に入り、少しして出て行った。

わたしはもう一度はいる。やはり水を出して入り、熱くて顔がほてっているので、蛇口の水を手ですくっては顔にかける。気持ちがいい。ちらっとガラス戸越しに脱衣場を見てみる。

あの三人が、番台のおばさんの前に立っている。一人が、わたしを指差す。もうひとりが、顔に水をかけるしぐさをしているではないか。わたしはがっくりした。またもや、おちつかずに早々に出た。

洋服を着て、外に出ようとすると、番台のおばさんに呼び止められた。

「あのね、水うめないでほしいの」

「えっ？　だってあつくてはいれないのですよ」

「よくお湯かければ、なれますから。……うちは、長いこと通っているおとしよりが多いのでね。それと、湯ぶねの中で顔を洗わないで」

「……すみません」

なんだか、割り切れない思いで、帰途に着いた。

なんなのよう、わたしだってお客じゃないの。これじゃあ、新手のストレスになるじゃない。A温泉は、あきらめることにした。


せっかくその気になっているのに、どうすればいいのか。

図書館でしらべようかと考えているうち、バスの車体の広告をおもいだした。「正真正銘、天然自然のO温泉」という広告だ。それまで、温泉に興味なく気にもしなかったが、よく読むと、家からバスで十分ほどのところらしい。一度行ってみることにした。


数日後、道をたずねながらO温泉に行った。

料金は少し高いが湯加減もいいし、ジャグジーも肩に当てる打たれ湯ってのもある。そして最高なのは露天風呂があることだ。まさか東京の真ん中で露天風呂に入れるとは、思いもよらなかった。

混んでいないし、湯加減も良い。受付や売店など若者がやっていて、明るくて気持ちがよい。腕に双葉マーク、初心者のドライバーが窓ガラスにつけるあのワッペンをつけ、頬を染め、「ありがとう存じます」と、一生懸命なお嬢さん。思わず、「がんばってね」と、言いたくなる。たちまちO温泉のファンになった。

タオル、石鹸など温泉グッズを持ち歩き、時間が早いときに寄ることにしている。はじめのうちは五分ほどだったが、だんだんと十分から十五分と、長くつかっていられるようになった（壁に大時計がある）。

こんなにゆっくりお湯につかるなんて、これまでなかったことだ。入浴はいつも忙しなく、ただただ汚れを落とすだけだった。時間に追われる生活が、身にしみていたのである。

……東京の空には星がない……なんて胸の中でつぶやきながら、暗い夜空を見上げ、ぼんやりつかる露天風呂は、なかなかいいものである。なかには、本を読みながら、つかっている人もいる。

まだ二か月ばかりだが、心なしかかゆみも少し良くなっている。

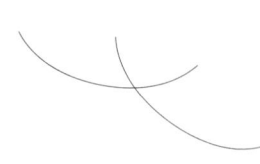

# よいお年を

二〇〇三年の大晦日。

前日にひき続き、朝から孤軍奮闘。エアコン掃除、窓拭き、カーテン洗いと年一度の大掃除。

よくやったと、ごほうびはやはり映画だ。

いそいそパフをはたき、バスで渋谷に向う。

年末は暇で、正月映画のあらかたは観ている。

結局、ジム・キャリーの『ブルース・オールマイティ』を観る。

ジム・キャリーも、共演のモーガン・フリーマンも大好き。ほのぼの心温まる、ファンタスティックコメディをたのしみ、二人の渾身の演技にも満足できた。

圭太は、彼女のところのはずだ。
大晦日の一人の夕食は、さみしいもんがある。
電車を降り、一軒開いていた寿司屋に入る。
一杯のビールとお寿司をふるまう。
寿司屋を出たのが十時少し前、例年にない、暖かい年末である。
今日び、シニアも、夜道は恐い。
タクシーに乗る。
年輩の運転手さんだ。
「外、あったかそうですね」
と運転手さん。
「ええ、遅くなっても、そんなに冷えてませんし」
とわたし。

「寒くないと、大晦日って感じ、しませんね」

「そうですよね……。あ、その信号の手前で」

タクシーが止まる。

「六百六十円です」

「はい、お世話さまでした」

左手に握り込んでいた六百六十円を、受皿にのせる。

「ありがとうございます、よいお年を」

「はい、どうも」

はずみをつけて降り、歩きだす。

よいお年を……。よいお年を……。

他人に口きいたら損とばかり、無口な人の多い昨今、運転手さんのひと言が嬉しかった。何やら心に、ぽっと灯りがともった思いである。

テレビは、イランの地震の被災地を報じている。

四万人以上の死者という。イランの人口は……一〇〇〇万か二〇〇〇万……そんなに多くはないはずだ。

「子どものかわりにわたしが死ねばよかった……これから、どうして生きていけばよいのか……」

四人の子どもを亡くし、さめざめと泣く母親。

そしてアナウンサーは、この大晦日に、バグダッドのレストランで、爆弾テロがあり、八人が死亡したとつげている。寒々しい一年だ。

国内では今年は、少年の凶悪犯罪が相次いだ。

命は、みんなかけがえのない唯一無二のはずなのに、やすやすと、失われていく。

わたしは、数日前に観た映画、ベルギーのダルデンヌ兄弟監督の『息子のまなざし』を思いおこしていた。

息子を殺された父親の前に、犯人の少年が少年院を出所し、木工見習い工として現れる。

最悪の偶然である。

木工訓練所の教官である父親は、究極の試練にたたされる。

幼い息子の姿がチラチラし、夢にうなされ、眠れない夜が続く。

何度か逃げだしたくなりながらも、自分の心の奥底と向かい合い、自問自答をくりかえす。行きつ戻りつの毎日が、進んでいく。

無口な少年は、教官の質問にポツリポツリと答える。

母親は田舎にいること、父親は、どこにいるかも知らないと。

「何の罪だったの?」

「盗み……人が死んだ」

事実を知り、恐怖におびえる少年。

心の動揺、苦悩を、じっと押し込んで、少年に対峙していく父親。

監督のメッセージが、重く、深く、心に響いてくる。二〇〇三年のわたしの、ベストワンの映画だ。

子どもは親を選べず、境遇も選べない。

十二月二十六日には、自衛隊の先遣隊が、イラクに出発している。

唯一の被爆国であるわが国は、もっと他にやらねばならない、大事な使命があるのではないか。

心やすらぐ日は、くるのだろうか。

# 金は金？

歯ぐきがはれ、友人の紹介でＫ歯科診療室に通いだした。

Ｋ先生は寡黙な方。が、質問には、ていねいにわかりやすく、何度でも話してくれる。

歯ぐきが解決して、二か月に一度、歯みがきのチェックに通院するようになった。

次の年の夏、以前かぶせてあったのが取れた。左の下、ちょうど上の糸切り歯の、相手になる臼歯である。歯の半分がない。週一回の本格的な治療が始まった。

残っている歯の根を、掃除して消毒する。毎回、少しずつなので、緊張感はないし、それほど苦痛も感じない。

いよいよ、基礎的な土台の治療が終わり、歯形をとり、仮歯がはいった。

かぶせるのは、何がいいか聞かれた。金、アマルガム、近頃ではセラミックも多いと、話される。

わたしは迷わず、

「金にしてください、やっぱり、金が一番丈夫でしょ?」

と言った。値段は高くてもいい。

「ま、そうですが、セラミックも、丈夫は丈夫ですが……」

K先生は、控えめに言われた。

「よろしく、お願いします」

もともと、歯は丈夫で、かぶせも何も少しだけだから、お金、かかってもいいと考えていた。

なんたって金が、丈夫で長持ちするに決まっている。

ふと、昔、戦争中のことを思いだしていた。

わたしは五歳で、堺市に、病気がちな父と、母と弟と暮らしていた。

物資がなく、家中の金気のものを、供出といって、隣組の人が集めにきていた。鉄砲の弾をつくるためということだ。

ある日、係の人がきたが、出すものがいよいよなくなっている。母は奥から小さな布包みを持ってきた。絹の布切れに包まれたものを、大事そうに広げた。ぴかぴかの金歯だ。

「父さんのだけど、そのうち里乃のブローチにでももってね……。今は、それどころじゃないもの、お役に立つかしら……」

「まあ、貴重なものを……。たしかにお預かりします……」

その人は、頭を深ぶかと下げ、金歯を押しいただくようにして帰った。


そんな時代とは大きく違う。金をかぶしておき、何かのとき、歯の金をつぶして加工するなど考えられないが、金は金だ。値は高くても、一番硬く丈夫なのだろう。

翌週、受診した。

「いかがですか？」

「なんか、歯ぐきが重いような、鈍痛があるような……。風邪を引いたので、そのためかもしれないのですが」

猛暑の後、急に涼しくなって、風邪気味なのだ。風邪のときはよく、歯ぐきのあたりが、うずいたりする。

「それは……、みてみますが……、しかし、風邪をなおして、なお痛みがあるかどうかみてみないと……」

K先生は、困った顔で言った。その日は、仮歯をはずし、土台を点検する。

「いよいよ、かぶせる歯を作るのですが、……金でいいのですか?」

そう聞かれて、不安になった。

この数日、友達としゃべったりするときは、しぜんと歯を見ている。ぴかぴかの金歯は見当たらない。みんな歯は丈夫で、虫歯治療もしていないのだろうか。口腔衛生も普及している。でも、あまいものは多いのに。

なにかすっきりしない気持ちだった。

このごろは、金を入れる人、少ないのか、とお聞きする。

「セラミックが、よくなっていますからね」

と言われる。

「値段は？」

「金と、ほぼ同じです」

「えっ？　で、強さは？」

「かわりません、それに、その人の歯の色に合わせて、作る技術も進んでいますから、よく使われていますね」

なんだ……。そういうことなのか。金歯をきらきらさせる人が、見当たらないわけだ。

「そうですか、金歯の人が少ないって、不思議に思っていたんですよ……じゃわたしもセラミックにしようかなあ」

「はあ……」

一人、口をあけると、金歯きらりっていうのも、気恥ずかしい。

「……やっぱり、セラミックにします」

「はあ……、じゃセラミックでいいのですね？」

「はい、よろしくお願いします」

「じゃあ、準備しましょう」

K先生は微笑んで言った。

その後、何回かの試用の期間を経て、無事、セラミックの歯が、かぶせられた。二日もすると新しく入ったことを、忘れるようないい感じだ。

一週間後、状態を診てもらいにいった。

「いかがですか？」

「上々です。……わたし昔から、この糸切り歯が強くて、何でもここで切る癖があるんです。あのあとすぐ、ビニールの袋を無意識に歯で切って、あれっと思って、安心したんですよ」

K先生は、ちょっと、驚いた顔で、

「ほう、そうですか……」

と言われた。

あれから、二か月、セラミックの歯はごくしぜんに、わたしの口の中に納まっている。

# パソコン事始め

ある講師から、コンクールにはワープロのほうがいいと言われ、背に腹は変えられないとパソコンをやる気になった。シナリオの勉強をはじめたばかりは、手書きをモットーにしていたのだが。

十月、まだ圭太が家にいたころ、一式、購入してきてもらい、始めた。

とにかくはじめが肝心と、〝射撃訓練〟という練習用のプログラムをやれと言う。字が打てると思っていたのだが、とんでもない。

画面に猟銃の絵がでて、〝あ〟とか、〝お〟とか、画面の的を打っていく。一区分終わると六五パーセントとか、達成率が出る。

なんと辛気臭いこととうんざりしながらも、こちらはどうすれば字を打てるのかさっぱりわからないので、圭太の言うとおりやるしかない。

「字が打ちたいよう」

とぶつぶつ言うと、

「これをちゃんとクリアーするのが結局は近道」

と、とりあってくれない。

「年内は、これをやること」

といって、圭太は彼女との暮らしを始めるため、家を出て行った。

早く打てるようになりたいと、毎日パソコンに向かう。

正月に戻ってきた圭太が、進み具合をチェック、やっと前に進む許可がでた。

二年前に定年退職した弟が、上京してきた。

銀座で食事しながらとりとめないおしゃべり。二歳半の孫娘に、ミニカーのおみやげを買ったと、リボンのかかった包みをみせる。

「おんなの子なのにミニカーがすきなんよ」

と嬉しそう。グランパの微笑みだわ。

わたしは圭太の半同棲のことをはなす。

「彼女のとこと、うちと行ったり来たり、それじゃや、互いにいいとこばかり見せ合って、とわたしがいやな顔したら、僕はお母さんとは違います、と言われた」

「そりゃ圭太くんの言うとおりだわ、われわれとは全然ちがうのだから、しかたないよ」

そんな会話があった。

わたしはシナリオのコンクールにだすため、パソコンをはじめて大変だけどおもしろく、毎晩うっていると自慢気に言った。

先生から、一次選考で手書きは不利になるかもしれないと言われ、若者と同じ土俵で勝負したいと、俄然やる気になっている。

「勉強はしんどいけど、結構楽しいよ」

とわたし。

「ふうん、あ、そういえば、松屋の前で橋田寿賀子とあったよ」

と弟。

「そう。橋田寿賀子ぐらいになったら、手書きで通るらしいって」

わたしが言うと、弟の目と口元がひかえめに、苦しそうというか、こらえきれずに笑いが見えてしまったという、変な顔になった。

ちょっと皮肉そうにもみえる。

なによ、趣味じゃない、本気なんよ。

声にならない声。わたしとちがって頭のいい弟に、わたしはいつも、みすかされてあたまが上がらない。

「圭太がパソコンに付いてきた本を読めって言うのだけど、読んでも、さっぱりわからないの」

「新書版でわかりやすい入門書あるから、帰ったら、おくってやるよ」

弟は半笑いの顔で言った。

数日後『パソコン徹底指南』が届いた。

はじめは、書くほうが速いと打ちあぐねていたのに、十か月もすると、すいすい打てるようになった。

以前は、ミシン目の字がきらいと、コンピューターを忌み嫌っていたわたしは大きく変わった。

深く考えないで打ってしまうのが、不安だったが、とりあえず打って後、おびただしい回数の推敲をやるので、考えるスタイルの違いかもと、なんとなく納得している。

コンクールにも、誰の助けも借りずに出せるようになった。ここまでくるには、友人たちのサポートも大きかった。

Sさんには、喫茶店にパソコンを持ち込み、教えてもらった。

Tさんの職場の昼休みに、パソコンを持っていったこともある。

Mさんも、職場に二度もお邪魔し、教えを乞うている。

和歌山に住むK夫妻には、夜中に電話を耳にあて、指示どおりパソコンのキーをたたいたことも何度かある。

持つべきものは友、ありがたい、感謝感謝である。

ある日、圭太がひさしぶりにかえってきた。

「やっとりますね」

にやっとして言う。

「ちょうどよかった、プリンターの黒インクがきれそう、スペアーあるから、取り替えてよ」

とわたし。

圭太の顔がかげる。

「だめだよ、自分でやんなきゃ、説明書よく読んで」

むっとした。今までは、頼めばやってくれていたのに。

しかし、これからは、自分でやっていかなくてはならないのも確かだ。

「わかったよう、やってみる……。でもどうしてもできないときはやってよ、べつに急がないから、次、かえったときでも」

「ああ」

こんなわけで、翌日わたしは、説明書を片手に、ああでもない、こうでもないと、悪戦苦闘、やっと、取り替えることができた。

そのときの嬉しいこと、晴れ晴れしい気分は、大変いいものだった。

圭太は、朝早く出かけてしまい、自慢する人はいない。ひとりでにやにやしていた。


さらに日がたち、圭太が帰宅した。

「へへえー、やりましたよ、インク替えるの」

「そう、……ためし刷りした？」

「えっ？　そんなの、やんないわよ」

「だめだよ、替えたらためし刷りしなくちゃ」

「……そのうちやるわ」

こんな会話を交わした。


圭太が自分の部屋に行ってから、わたしはにやりとしていた。

ためし刷りなどしない。次、プリントアウトするとき、うまくいかなかったら大騒ぎするのがわたし。ためし刷りして次に備えるのが圭太だ。親子でもこんなに違う。

そして、つい先日、コンクールのために、インク替えして初めて、プリンターを使った。

ちゃんとプリントアウトできたので、「どうだあ」と、ひとりで威張っていたのである。

# 春の夢

パソコンのワードをやりだして二年目、はじめは手書きのほうが早かったが、今ではすいすい、面白くて仕方ない。

もっともワードだけ、インターネットは手付かずである。しないと決めているわけではないが、シナリオ教室の習作を打つので、精一杯。インターネットとは何かなど、よそみする余裕がない。図書館が近いこともあり、つまずいたら、図書館にいく。

三月末はコンクールの締め切りで息苦しくなりながら、三十一日に出すことができた。数日ぼんやりし、映画のはしごをしていた。

# ひとり暮らしふたたび

そんなある朝、息苦しくなって目を覚ました。

汗びっしょり、布団の周りを見回しても小刀も鉛筆も見当たらない。

……夢だった。

なんだか、眠っていなかったような、体が重だるい、いやな気分だ。なんなんだこれは……。

小刀で鉛筆を削っても削っても、うまくいかない。鉛筆がどんどん短く、はんぶんもなくなっている。あせりにあせっても同じこと。どうしよう、早く書かなくては……。

頭を振りながら起き、弾みをつけ、布団をしまった。

あれはなんなんだ。

自転車も乗らない（乗れない）わたしが必要に迫られ、パソコンをやる。大事大事にしていた6Bの鉛筆も小刀も、今じゃああっちこっちに散乱、どうにもめちゃくちゃな身辺である。

鉛筆たちの怒りか。あれだけ力になったのに、ほったらかし。

もっときちんとしろとお叱りをうけたと、そんなことを考えていた。

数日後、溜池山王の国際交流基金フォーラムで、アラブ映画祭が始まった。『「ラジオのリクエスト」』(二〇〇三年、シリア、アブドゥルラティフ・アブドゥルハミド監督)を観た。

戦時下のシリアの田舎、若者の楽しみは、ラジオの歌謡リクエスト番組に応募し、好きな歌謡曲を聴くことである。

火曜日のその時間、集落で一台のラジオの周りに集まり、紅茶を飲みながら聴き、歌い踊りだす。しかし、番組が打ち切られ、戦況の臨時ニュースが、流れることも多くなった。主人公の恋人同士は、女性が彼の好きな曲を何度も出すが、一向にかからない。

やがて彼に召集令状が来る。初めて彼女のリクエストがかけられたとき、戦地の彼には届かなかった。

素朴な村人の情感にあふれた映画に、胸がいっぱいになった。

チマチマ、イライラ、忙しなく暮らしているわたしが、予想もできない不安定なアラブでの暮らし。苦労して、命がけで映画を撮っている人々。

イラク、シリア、チュニジア、エジプトからの監督が、来日、シンポジウムも開かれた。

それまでも難しかったが、戦争になり、当局のプロパガンダの映画しか撮れなく、多くの監督たちはフランスやロシアに亡命した。

今は多少状況が変わり『ラジオの時間』のハミド監督は、フランスとシリアを行ったり来たりして、映画を撮っているという。アラブ諸国の映画人は、少ない機材、予算で、命がけで仕事をしている。

近代化が進んだ都市で忙しなく、チマチマ、セカセカ、時間に勝手に追われているような暮らしのわたしは、身が引き締まる思いだ。

厳しい情勢で、細やかな情感を大事に暮らす恋人たちや村人たちに、今日もおおいに励まされていた。

その夜、以前お世話になった鉛筆たちを、あわてて拾い集めた。

ファスナーは開きっぱなし、空っぽで、部屋の隅に落ちていた鉛筆ケースを探し出し、鉛筆をとりあえず収めたのである。

# 当世若者事情

## ハリネズミの君

熱中症になりそうな暑い日、映画館をはしごし、疲れ気味。冷房と三十数度の外気温との差が厳しい。

早く帰ろうと、汗を拭き拭き、明大前から京王線に乗る。ラッシュになる前に帰りたいが、この頃はオフラッシュでも結構混む。フリーターだかなんだかわからない人が増えているのか。自分もその一人なのだが。

あんのじょう混んでいて、立っている人はだいぶいる。次の下高井戸までだからと、重い手提げ袋をどさりと足元に置き、端っこの吊り革につかまる。

わたしの目に、強烈なハリネズミ頭がとびこんだ。

ちりちりの毛髪が、四方八方に逆立ちしている。お笑いのタレントさんに、似た頭の人がいたけど……あの人は、かつらというもっぱらのうわさだ。

頭を見下ろすかたちでよく見えないが、膝の上の布のショルダーバックといい、Tシャツとよれよれのジーンズといい、学生に違いない。

ずいぶん、お金かけているじゃないのよ、その頭。

少々いじわるっぽい目で、頭を見下ろす。

ハリネズミが揺れた。

「おばさん、坐るか?」

人懐っこい目が、わたしを見上げている。不意打ちだった。

「あ、ありがとう、つぎ降りるからいい」

若者は笑顔で、浮かしかけていた腰を戻した。

「下高井戸、下高井戸……」

電車が、がくんととまった。

名残惜しい気持ち。若者にもう一度、笑いかけたかったが、ぐっとおさえ、そうっと電車を降りた。

足取り軽く、改札に向かう。

猛暑のさなかの、ひとすじの涼風だった。

## 新聞少年

A新聞を愛読しているが、集金のとき不在が多く、二か月、ときには三か月分も、新聞代をためることがある。

ドアポケットに、マーク入りの古新聞保存袋が入っているので、来てくれたことがわかる。その都度、悪いなと思う。

いつか、何度もすみませんという気持ちで、クッキーとか豆菓子とかを、差し上げるようになっていた。

その青年は恐縮しながらも、「いつもいただくお菓子、美味しくて」と喜んでくれる。こちらもうれしく、常に、あげられるお菓子をストックしている。

そろそろかという時期、夜帰ると、圭太が戻っていて、

「新聞代、二か月分立て替えといた」

と領収書を出された。

「ありがとうよ」

と言いながらも、ちょっと寂しい気になる。

お菓子のことは、圭太には内緒である。おかあさんはまたそんなことをと、言われそうだ。

ある夏の日曜の夜、帰宅してまもなく、その青年が見えた。圭太の立替えがあったから数か月ぶりである。

「ほんとにすみません、ためてしまって」

「いいえ」

わたしは、お金と豆菓子の袋をとってきて差し出す。

「先月と今月分ね、はい、同じようなものだけど、後で食べてね」

「ありがとうございます、いつもすみません」

「うちもそうだけど、いない家に何度も行って、大変でしょ」

「いいえ、慣れています、仕事だし」

青年は、にこやかに、おつりを渡してくれる。

うちの担当になって何年になるのだろう……高校生ではなさそうだし、進学して大学かもしれない。

「あのう、もしかして、大学生?」

「えっ?」

一瞬、顔を赤らめて、

「いえ、大学はとっくに卒業して、社員です」

と言う。

えっ？　新聞少年じゃない。わたしも、顔が熱くなった。

「まあ、そう、てっきりアルバイトしながら、学校へと思って」

「友達のおやじさんが販売店のオーナーで、ぶらぶらしている時、呼んでくれて、その友達と社員で、働かせてもらっています」

「そう、がんばってね」

「はい、よろしくお願いします、ありがとうございます」

青年は、豆菓子を、目の高さに上げてから、頭を下げた。

領収書をしまいながら、顔がまた赤らむ思いだった。

新聞少年なんて死語なのだろう。

戦後、失業者があふれていた時代、新聞配達をしながら進学をして、がんばる学生が大勢いた。今も失業者は多いが、コンビニのアルバイトとか、仲間と会社を起こす、あるいは夢に向かい好きなジャンルで、ストリートでパフォーマンスをくり広げるとか、若者の生態は大きく様変わりしている。

昔人間のわたしは、現代の社会の進歩の速さについていこうとしながらも、新聞少年＝

苦学生という古典的な図式が、頭を占領しているらしい。

ま、いいか。何か月に一度のふれあいだけど、大事にしよう。さわやかな若者と、話をするのは楽しい。

## 若者を観察する

京王線に乗った。ちらほら立っている人がいる。きょろっと見て、若者が三人腰掛ける席の前に立つ。なにやら会話が弾んでいる。

シナリオ教室の講師からは、人を観察しろとよく言われている。ちょうど習作「ハリネズミ症候群」というシナリオに取り組んでいた。バリバリ頭の若者の話である。つい若者のそばでは、耳をそばだててしまう。

三人とも、茶髪、パンツがずり落ちそうな、だらしないスタイル。

だが、Tシャツの色とパンツの色の組み合わせは、なかなかセンスがいい。

「……俺だって努力してるわけ」

「いいじゃや、お前だけじゃなし」

「大体がみじかすぎ、さらっと描けるわけないじゃや、いじわるなの、キュアのやつ」

さらに、だれかれのうわさとかが、話されていく。

はじめは、何の話かわからなかったが、聞いていくうち、おぼろげに話が見えてくる。

学園祭の展示のための、デザイン画の締め切りが、短すぎるということらしい。

よめたぞ、服飾の学校の生徒だろう。ラフな服装が、どこか垢抜けているのもうなずける。三人は、自分のデザインの狙いとかを、言い合っている。〝だらしなパンツ〟に似合わず、話の内容はしっかりしている。いい加減にながさず、軽くながさず、三人の話は絡み合っている。なかなか好ましい若者たちだ。

わたしは、しらずしらず頬をゆるめて、彼らを眺めていた。

端の一人が、ちらちらとわたしを見ている。

ふと、かれと目が合った。

かれは一瞬躊躇し、すっと立ち上がった。

「どうぞ」とにこやかに言う。

しまった、坐りたいとおもわれたか。ちがうちがう、ごめんなさい。

わたしは真っ赤になっていたと思う。顔面があつく、逃げ出したかった。

「あ、そのう……」

かれは吊り革につかまり、微笑んでいる。

観念した。

「どうも、わるいわね……」

わたしは、腰を下ろしていた。

新宿駅で、彼らににこやかに会釈をして、さっと電車を降りる。

まいったなあ。こんなはずでは……。すこし前も、状況は大分違うが、席を譲られそうになった。疲れが顔に、まざまざと出ているのだろう。しっかりしなくちゃあ。

人を観察するのも要注意である。気づかれるわけにはいかない。

その後、人の会話に耳を傾ける際は、ポーカーフェイスをきめている。

## 都会人

朝目を覚ますと、〝雨？〟と勘違いすることがしばしばある。わがマンションは車道に面している。ざあーっと、まるで車が雨足をけって走るように聞こえる。外を見ると、決まって陽が射しているから不思議だ。

子どもの声、バイクの音、何かが倒れるような物音、よその家の目覚まし時計の音などなど、都会の住まいはさまざまな音に包まれている。

家の中もしかり。冷蔵庫、クーラー、パソコンなどの微妙な機械音、そして、かすかなざわめき。まるでなにかが息をひそめているような、なんともいえない気配を感じることもある。

# ひとり暮らしふたたび

今夏のあの猛々しい暑さの後、ふいに三十度をきった八月下旬のことだ。

夜遅く帰宅したわたしは、キッチンの灯りをそっとつけた。

〝りんりん、りんりん〟と音がする。正確には、〝りんりん〟と〝じゃんしゃん〟の、その間のような不思議な、初めて耳にする音である。

一瞬、ぎくりとする。なにの音だろう。

足音をしのばせ、電気を消してみる。同じだ。ちょうどトナカイのそりの鈴の音のよう。

そんなばかな。あわてて電気をつける。鍵はしっかりかけて出たはずと、ベランダ、窓を点検する。

落ち着けおちつけと、深呼吸をし、周りを見回す。窓を開けてみる。窓のあたりからではなく、やはりキッチンのなかのようだ。

不安だ。もしや、電気系統だったら……。冷蔵庫をげんこでごんとぶってみる。かわらず、〝りんりん〟となっている。

避難袋から懐中電灯をだし、冷蔵庫と壁の隙間を照らしてみる。一番不安なところだ。電話線やレンジなどのたこ足配線で、コンセントの上には、綿ぼこりがうっすら積もっている。漏電でもと思うと不安が増幅する。

〝りんりん〟はそこではなく、わたしの後方かららしい。ぱっと振り向くが、音の調子もかわらず、一向にわからない。

気持ちを静めて、よく聞いてみる。陽性のユーモラスな音だ。すこし気が楽になり、様子をみることにする。

朝食の残りでそそくさと食事、シャワーを浴びる。

寝るころには、いつの間にか止んでいた。

翌日も同様、トナカイの鈴の音は、わたしの帰宅を待ちかねたように起こった。

翌々日、Sさんが来ることになっている。Sさんは、パソコンを始めたとき、教わった若い友人だ。最近、ひとり暮らしをはじめて、まだパソコンがなく、少し打たしてほしいという。

願ってもないこと。Sさんは若いが考え深く、しっかりしている。奇妙な音のことを、相談することにする。

その日の夜、Sさんをバス停に迎えにいく。わが家に向かいながら、不思議な音のことを話した。

「……不思議な音、本当、ジングルベルなの」

「またああ……八月のクリスマス？　映画じゃん」

Sさんはあきれた顔で笑う。

「……ふふふ……」

韓国映画『八月のクリスマス』は大好きな映画、悪い気はしない。

家に着き、キッチンへ。

「なにも、聞こえないじゃん」

「今日は、早いからかなあ」

Sさんはパソコンに向かい、わたしは流しの前に立つ。

三十分もしたころか、〝りんりんしゃんしゃん〟と始まった。

「ほら、きてきて」

Sさんがキッチンへくる。緊張した顔つきで、キッチンを見まわす。わたしはSさんの顔を見つめる。

Sさんの顔がぱっとほころぶ。

「虫の声よ、ほら、よく聞いて」

「えっ？　虫？」

ふいに胸ぐらを摑まれたというか、闇討ちにあった気持ち。

「……鈴虫とはちがうけど、鈴虫の仲間よ……いい声……」

Sさんは、うっとりした表情だ。

わたしは、内心のうろたえを悟られないように、あいまいな笑いを浮かべる。

「そうか……どこにいるのかなあ」

「さあ、窓かな」

Sさんは窓に近寄り、体をのり出すようにして、窓の内外を見る。

気を静めてよく聞くと、確かに涼やかな虫の声に聞こえてくる。

「ほんと、いい声、よかった、漏電でもしたらって……少々妄想傾向よね」

「ふふふ、トナカイの鈴？　八月のクリスマス？　相変わらず中沢さん、面白すぎい」

「こうして聞くと、なかなかいいわね、どこにいるのかなあ」

Sさんに、虫の声と言われたとたん、涼やかで可愛い生きものの声に聞こえる。わたしもいい加減だと、軽いショック状態である。

「……まさに都会人ね」

とSさん。

「……」

くちをつむぐ。電気系統じゃなく安心だが、虫の声にも気がつかない。

「どうしたの、いいじゃない。部屋の中で虫の声が聞けるなんて」

「ちょっとショックなの。じつはね、少し前も水戸の友達に都会人って言われて……」

わたしと同世代で、年金生活者のMさんは水戸の住人である。久しぶりに映画を観たいと上京した。

日比谷の古いSビルのレストランでランチをとる。時間はまだ小一時間ある。ランチの前にお茶をして、しゃべりまくっている。食後も、お茶がでた。

「もうお茶はいいわね。この地下に、素敵なスペースがあるのよ」

エレベーターも階段もレトロなかんじ、通路は広々、両側には個性的な店が並ぶ。一階と二階は吹き抜けになっている。見上げると、二階のアーチになっている天井が、間接照明の淡いあかりで照らされ、なんとも魅力的、パリの古いビルの中のよう。二階の細い通路には、渋い欄干の手すり。てすりの奥、軒を並べるオフィスの畳二畳分もあろうかと思える大ガラス窓が見える。

その大ガラス窓の脇の扉が開き、すうっと、原節子や笠智衆が出てきそう。小津安二郎の映画を思い出させてくれる、大好きな場所である。

Mさんとわたしは地下に下りる。テニスコート一枚分余りの広場、椅子とテーブルがゆったりと、余裕をとって置かれてある。緑の大地の画面、渓谷になだれこむ大瀑布、広々とした牧場、音を消した大型の画面が三面、心なごむ映像を映している。無料で誰でも利用できる。

サラリーマン、ＯＬがそこここに憩う。眠っている人や読書する人、ひそひそと話をしているカップルも。

「静かでいいでしょ、都会のオアシスよ」

わたしたちは、空席をみつけ腰を下ろす。

「難点は夜早いこと、八時にはシャッターが下りるの」

きょろきょろと見ていたＭさんが、笑って言った。

「ふふふ、中沢さん、都会人ね。ここの前は日比谷公園でしょ、わたしなら公園にいくわ」

「ん……そうか……忙しない毎日で、公園を散策するなんて……何十年もわすれていた……」

そんな会話を交わしていた。

「ふうん、都会人か、そういえばわたしも同じ、いつも何かに追われているような、余裕がないというか……」

## 都会人

東京生まれで東京育ちのＳさんは、笑って言った。


その次の日から残暑がぶりかえし、〝りんりん〟も聞けなくなった。

その後台風が幾つもきて、各地に多くの被害がでた。

やっと十八、十九号台風が、共に熱帯性低気圧にかわり、久しぶりにさわやかな天気がもどった。

そんな夜、バスを降りマンションに向かっていた。

〝りんりん、しゃんしゃん、りんりん〟と懐かしい声が。うれしくて足を止める。きょろきょろ見てみる。目の前のよそのマンションの玄関の周りが、背の低い植え込みになっている。

涼やかな虫の声は、そのあたりからかもしれない。

もしや今夜、わが家にも……。わたしは弾む気持ちで、足をいそがせていた。

# はじめての一日一善？

世の中は、学校が夏休みに入っていた。

三十度は涼しい気がする猛暑で、パソコンを打つのも楽じゃあない。冷房が苦手で、圭太の部屋から間接に冷気が漂う具合に、ふすまを互い違いに半開け半閉めにし、パソコンと格闘していたある朝のことだ。

ふと、手を止めたとき、子どもの泣き声が耳に入った。何かぐしゃぐしゃ言いながら泣いている。そのうち通り過ぎるだろうと、また打ち出す。

が、泣き声は止まず、声が大きくなっている。

「……誰か、お願い、とって、あーん、あーん」

あわてて窓に走りより、三階の窓から下を見る。

東南角部屋のわが家の隣は、T社の資材置き場だ。テニスコート七、八面ほどの広場、その広場の真ん中に、倉庫らしい建物。この建物と歩道は十メートルばかりあいている。歩道と広場とは、鉄柵でへだてられている。社員の姿は、滅多に見られない。

その鉄柵から、男の子が手を入れ泣いている。手の先、数メートルのところに、黒っぽい弁当袋様のものが。振り回して、飛ばしたのだろうか。

ちょっと待ってとばかり救出作戦開始。いっとき頭をめぐらせる。浴室の天井掃除用の、孫悟空の如意棒みたいなやつを、最長にひきのばす。まだ短い。こうもり傘を二本、ビニール紐でぐるぐる巻きにして継ぎ足す。

「……誰かとってよう、あーん、あーん、あーん……」

助けはまだのようだ。

念のため、はさみとビニール紐も持ち、階段を走り下りた。

鉄柵の前に男の子の姿がなく、道にスヌーピーのナップザックが落ちている。きょろきょろしていると、柵のくぼんだところから出てきた。顔はぐしゃぐしゃ、弱々しくしゃくり上げている。短パンにハイソックス、小学一年生かもしれない。

「とってあげるね、お弁当箱?」

「違う、シューズ」

「そう、さあいくよ」

棒をそっと、柵に入れていく。あと数センチ足りない。

「あーん、あーん」

また泣き出した。

「大丈夫、そこの自転車置き場に、何かあるかも。ほら、ちゃんとはさみと紐もあるし、これ持って」

紐とはさみを持たせ、マンション横の自転車置き場に走る。

古い自転車の部品が散らばるなかに、モップがついていたらしい古びた棒がある。頭の部分が空洞の錆びた金具、ちょうど雪国のかんじきのような形で、その頭は棒に直角にも平行にも、自在に動く。

「いいのあったよ、ほら」

だいぶ長くなりそうだ。

わたしははやる気持ちを抑え、紐を切り、傘とその棒を交換する。

「しっかり持っていて」

合わせ目をもたせて、きつくしばった。

「さ、とるよ」

静かに、かんじき棒をさし入れる。モップの金具は、棒にくっついて入ると、すぐ直角になった。手をいっぱいに伸ばす。あと少しだ。あばら骨が痛い。手ごたえがあり、そろりそろりと袋を引き寄せる。

かれは手をいれ、袋を取った。

「ありがとう、おばちゃん」

今泣いたカラスが満面の笑み。

「振り回したの？」

「うん」

「これぐらいにしな」

自分の腰の高さで、控えめに手を振って見せた。

「もうしない」

「これから、どこへいくの?」

「K中、練習なんだ」

「そう、がんばってね」

「うん、バイバイ」

「バイバイ」

サッカー少年は、駆けていった。

道具を解体しながら、口笛でも吹きたい気分。一日一善……なんてやったことはないが、そんな気分だった。

# 賊は証拠を残さず

同人誌の合宿でひと晩留守にした。

圭太はひと月ばかり戻っていないが、どんなものかと置きメモをする。

〝合宿で一泊し××日に帰宅予定〟

それに宿舎の電話番号も書いて出かけた。

翌日の夜、バスを降りわが家へ向かう。いつもの暗い窓を見上げ、変化なしとほっとする。

鍵を開け玄関に入る。暗闇の玄関でドアチェーンを難なくかける。

ひとり暮らしになったばかりのころは、緊張してすぐさま玄関の電気をつけたものだ。

チェーンをし鍵をかけ、キッチンへ。キッチンの電気をつけると、再び玄関へ引き返し、灯りを消す。

度胸もついたこの頃は、暗闇で手探り、さっとチェーンをかけられるのだから、やはり、人間は習慣性の生き物である。

暗い廊下をぬけキッチンへいき、電気をつける。テーブルにはメモが置いたままで、こちらもなんとなくほっとする。

メモを捨てようとして、ギクッとした。

メモのそばに、マイルドセブンの空き箱が……。圭太はマルボロだ。

賊？　わたしはいっぺんに気分がなえ、全身から血が引く思い。

辺りを、おそるおそる見回す。たった今、鍵を開けた感触を思い起こす。おちつこうと、深呼吸をする。

圭太の部屋、テレビの部屋、浴室とトイレも電気をつける。ベランダと窓は、鍵がかかっている。人の入った形跡はない。

避難袋を調べる。重要なものはちゃんとある。とりあえず安心だが、いったいどういうわけなのか。

はっとした。テーブルの脇のふるい冷蔵庫のうえに、茶封筒、紙袋、空き箱などが、ごたごたと積み上げてある。はずみで空き箱類が落ちることがたまにある。

圭太は以前、いろいろな銘柄のタバコを吸っていた。きっとそのころ、ぽんと置いたマイルドセブンの空き箱が、なにかのはずみで、振ってきたのだろう。

わたしは強引に、そんな結論をだした。


その翌週、圭太が帰ってきた。わたしはそのことを話した。

かれは、にやりとして、ポケットからマイルドセブンをだす。

「タバコ替えた。あの日もどったんよ、物を置きに。またすぐ出たけどね」

「なによ、ひとさわがせな」

圭太が吹きだした。

「賊？　だいたい証拠残していく賊がいるか。映画の観すぎじゃないの？」

「ったくう……。ま、真相、明らかになって良かったわ」

わたしは台所にたって、おもいだし笑いをしていた。真相が不明、迷宮入りになったある事件（?）を思い出していた。

圭太がAさんと暮らすと、家を出たのは九か月前である。Aさんの両親にも会ったとのこと。わたしもAさんを紹介され、食事をしている。

圭太に結婚はと聞くと、若いし、仕事も不安定で、とても考えられないという。二人とも二十五歳、確かに若い。が、鍋釜さげて貧乏ものともせず、なんていうのは、昔話の世界なのか。

致し方ないと、圭太を送り出したのである。どうか、しあわせにという願いをこめて。

夫の死後、無我夢中で突っ走ってきた。われながらよくやったと思うが、あの悲しみを乗り越えられたのも、圭太がいたからだ。感謝の気持ちでいっぱいである。

面と向かっては言えないが、心の中ではいつも、ありがとうを忘れたことはない。

そんなわけで、ひとり暮らしが始まった。

映画を観る。シナリオ教室で勉強する。太極拳で体力保持と、結構忙しい。

朝、昼は、自分で料理する。夜は映画の友やシナリオ教室の友人との外食が多い。家で、ひとり食べる夜は、ワインをちびりちびりやり、野球中継を観ながらである。

寝そびれたときは、ワインを一、二杯飲むと眠れる。が、アルコールは弱いので、体調によっては、夜中に吐いてしまうこともたまにあるが、しかしこんなことは年に一度ぐらいである。


ある日、帰宅すると間をおかず、圭太も戻ってきた。

「ご飯は?」

「いらない」

短い会話を交わし、かれは自分の部屋に入った。

わたしは浴室へ。湯を張るためカランを回そうとして、手が止まった。

浴槽と壁の隙間に何かある。あわてて電気をつける。丸まったものだ。おそるおそる引き出す。

タイルの上に、ぺろんと広がる、真っ赤に染まったトイレマット。

腰が抜けそうになった。

「け、圭太、来て、早く！」

「何がおこった」

笑いながら、圭太が来た。

血染めのマットを指差し、

「ぞ、賊だ！」

と叫んでいた。かれはそれをじっと見て、

「んんんん、こりゃワインだよ、ったくう」

圭太は、隣のトイレの戸を開ける。もう一枚のマットが敷いてある。

何がなんだか、頭がこんがらがってきた。

「お母さん、ワイン飲んで、酔っぱらって吐いたんじゃないの？」

「そんな……いくらなんでも、こんなこと……忘れませんよお」

これはいったい、どういうことか。

「あんた、彼女連れてきて、わたしのワイン飲んで……隠した」

「ばかばかしい、やめてくれ」

「ほんとに違うんだね」

「当たり前よ」

「……やっぱり賊が入って、ついワインのんで吐いてびっくりして」

「証拠残していく賊がいるか、映画の観すぎ、しっかりしてくださいよお」

圭太が引き上げてからも、わたしはマットのそばから動けなかった。

よくよく見ると、血の色ではない。そこまで黒ずんではなく、やはりワインの色だ。マットいっぱいに、かびかびにこびりついている。

どうにも割り切れない、薄気味悪い思いである。

この数日風邪気味で、入浴はしていない。鍵はきちんとかかっていた。……圭太たちの仕業で、格好つけてうそぶいているのか。

それとも……それとも……。わたしは背筋が寒くなった。

どうしても、記憶にない。

まさか……、痴呆のはしり……。六十四で……。あまりに情けない、断固として思いたくない。

この件は、深く追わないことにしようと、わたしは迷宮入りを決めたのである。

ここは目をつぶり、今後は考え深く、しっかりと生活すべし。

ごわごわになっている血染め（?）マットを凝視し、自分の気持ちを奮い立たせていた。

賊が、タバコの空き箱など、証拠をのこすかと、圭太に言われ、あのマット事件をおもいだした。

ひとり暮らしは、いつも気を引き締め、油断は禁物である。

# ハッピーバースデイ

母一人子一人の息子が、彼女と暮らすと家をでて十か月、早いものである。

バスを降りマンションに向かっていて、わが家の暗い窓が見えてくる。

〝そうだ、一人だ〟と、気を引き締め帰宅したのも最初だけで、ひと月も過ぎると、気ままのびのびのリズムもでき、快適になっていた。結婚前、十三年のひとり暮らしのキャリアがある。あれこれ思いだしたりして、なつかしい気分なのだ。

人間は習慣性の生き物と言ったのはだれだったか、そのとおりだ。

広告代理店勤務の彼女は、さわやかな女性で、大変ハードな仕事らしい。息子は音楽事務所でミキシングとかやっていて、こちらも深夜の仕事が多い。

初めのころ、息子は週一の割りで帰っていた。何度言っても、電話一本いれず、突然、夜中のご帰還である。

初めのうちこそ、いそいそとドアチェーンをはずし、冷凍品で食事をつくったりしたのだが。だんだんと、むっとしてきた。

「もうう、電話してよ、もっとましなご飯つくれんだから」

「わかった、わかった」

しかし、またおなじ。わたしがいい顔しないものだから、息子の足も間遠になり、この頃は、月一、二度ぐらいである。

九月十九日の夜、友人と映画を観た。バスを降り家へと向かったわたしは、窓の灯りに気がつき、素早く冷凍庫の中を思いめぐらす。

久しぶりに顔をみられる懐かしさ半分、ごはんつくるのかと、しんどさ半分で鍵をあける。

テレビの音が聞こえる。

「はい、ただいま、ご飯は？」

「食ってきた」

「そう」

胸をなでおろす。

テレビでは「エンタの神様」が放映されている。実は、このお笑い番組が結構好き。観られる時は観ている。

立ったまま、圭太の頭越しに観る。女性のお笑いで面白い。あっという間におわり、コマーシャルになる。

「ほら、嬉しいときいーってのあるじゃん、あれ好きよ、おもしろいよね」

「悲しいことおーでしょ」

「そうそう、そうだった、それから伝説の男ってやる、はなわさん、この頃ちょっと、マンネリ気味」

圭太が、にやりとしてわたしの顔をみる。

「へぇえ、毎週観てんだ」

「ちがうちがう、こうやって間にあったとき、ちらっと観るだけですよ」

「くくくっ」

圭太は含み笑いをして、自分の部屋に行った。


やはり……。当たり前だ、気がつくはずはない。

今日、九月十九日はマイバースデイ。いまいましくも、六十五になったのである。以前は、美味しいワインでリッチな食事をしたこともあるが、いつごろからか、忘れたふりでやりすごすようになった。金輪際、忘れはしないのだが。あえて知らんぷりをきめこむ。

圭太の誕生日といえば、こちらも、いつごろまで、賑々しくやっていたことだろう。いまやわたしの中では、存在感はゼロである。

六十をすぎて一念奮起、シナリオの勉強をはじめたわたしは、頭の中はいつも、シナリオのことでいっぱいだ。圭太も毎日大忙しだろう。こんな関わり具合で、いいじゃないかと思っている。

洗濯物を取り込みに、ベランダにでる。
星の見えない暗い夜空に向かい、深呼吸をひとつ。
——六十五になって、
うれしいことおおーー、
フィルムセンターの入場料五百円が、三百円になることおおーー。
胸の中でひと叫び。
かなしいことおおーー、
四捨五入なんて約束事があることおおーー、
誰が決めたのか、やめてほしいーー。
そそくさと洗濯物をかかえ、家に入る。
今日も一日、かわりなくやりすごした。

京橋のフィルムセンターは、名画の特集上映をやってくれる。わたしの学びの場所である。ことしも、若者にまけず勉強しよう。

古典、名画を、三百円で観られるのよ、いいだろう、うらやましいだろう、と、誰かれに吹聴したい気分である。

# シネマフレンド

## 渋谷そして銀座

八十五歳のKさんは往年の映画ファンだ。うちから歩いて十分のところに、犬と暮らす。娘さんが、わたしと同年で鎌倉に在住、「鎌倉にも名画座を」という運動に参加している。

映画の友達に紹介され訪ねていった。すぐに意気投合、映画の話につい時間をわすれる。

戦前、戦後の映画は相当観ているらしい。

フィルムセンターやアテネフランセの特集上映で観てきたわたしが話をすると、Ｋさんは、有楽座、日比谷映画などで、リアルタイムで観たときの感動や、エピソードなどを聞かせてくれる。

足が悪く杖を使う。週一度のリハビリのほか、毎日、近所を散歩、これ以上、悪くしないよう努力しているとのこと。楽しみはＢＳで映画を観ることと言う。地上波の放映もあるから、ほとんど毎日、観ているらしい。

そんなおつきあいが半年も続いたころ、Ｋさんを映画館にと、思いついた。

階段を使わない方法として、バスで渋谷にでて、東急デパートの送迎バスで東急本店へ。デパートの通路をぬけ文化村まで歩く。後はエレベーターが、文化村の映画館、ル・シネマに運んでくれる。

わたしの提案に、はじめは忙しいのに悪い、迷惑をかけるとしり込みをした。が、何度も誘ううち、映画館での感動をよみがえらせたらしく、Ｋさんはのり気になってきた。

臨場感いっぱいの大画面、魅惑のサウンド、不特定多数の観客と、感動を共有するよろこび、簡単に忘れられるものではない。

「じゃあ一度……、いいの？　ほんとに、わるいわね」

Ｋさんは、嬉しさを隠しきれないように、笑顔で言った。


その年の春、実現した。早めにお宅に迎えにいく。Ｋさんはお化粧をし、シックなステッキを手に待っていた。

「夕べはもう嬉しくて、何度も目をさましたのよ、小学生の遠足みたいにね」

わたしの顔をみるや、そう言った。

バス停に向かい、ゆっくり歩きはじめる。

「……もう一度こんな日がくるなんて、夢みたいですよ」

「わたしだって、今日はたっぷり、Ｋさんから映画のお話し聞けるのだから、楽しみ……

そのステッキ、すてきですね」

歩き出してすぐ、レトロでかたちのいい、ワインレッドのステッキが、わたしの目をひいていた。

「ふふふ、円山町のさきに『チャップリン』って、ステッキ専門店があるのよ、孫が車でつれていってくれてね……いいでしょ」

Kさんは立ち止まり、見せてくれる。

バスの乗り継ぎで、無事ル・シネマにつく。

フランス映画『マドモアゼル』を観た。

青年とミセスの、大人の恋物語だ。惹かれあいながら、あいてのしあわせを願い去っていく。寡黙な主人公ふたりの、抑えた演技も素晴らしく余韻の残る、忘れられない映画である。

わたしたちは、一階のカフェテラスでサンドイッチを食べた。

「……いいね、フランス映画。なんかほっとしたの。最近は、どぎついのが多いのじゃないかって、不安だったのよ。ほんと良かった……二人の、切ない気持ちが胸に迫って……」

Kさんは、顔を上気させ言った。

フランス映画もイタリア映画も、いい映画はつくられているが、日本で観ることができるのはほんのわずかである。また観ましょうと、ここ何年かイタリア映画祭に夢中のわたしは、得意げにしゃべっていた。

第一回の映画鑑賞は大成功で、Kさんもわたしも自信がついた。

つぎは夏をやり過ごし、秋の晴れた日に、同じ映画館で『真実のマレーネ・デートリッヒ』を観た。

はじめて映像でパンタロン姿を見せた大女優のマレーネ・デートリッヒのドキュメントフィルムである（それまでは、女優はロングスカートが多かった）。

ドイツ人のデートリッヒは第二次大戦ではナチスに抗議しアメリカへ亡命している。アメリカで連合軍の兵士たちを、歌で慰問するデートリッヒの姿。そしてジャン・ギャバンの別荘でのデートリッヒ。アメリカの大文豪ヘミングウェイの、湖畔の家でくつろぐデートリッヒ。知らなかったことが多い、マレーネ・デートリッヒの姿に、Kさんもわたしも、みじろぎせず、画面をみつめていた。

年末、Kさんのお宅で、娘さんに初めてお目にかかった。

自分がやらねばならないことを、やってもらってと、何度も、お礼を言われた。

Kさんのお話は、わたしにはかけがえのない貴重なもの、お礼を言いたいのはこちらだとわたし。

……孝行をしたいときに親はなし……そんな思いが頭をよぎる。

Kさん親子を前に、孝行らしいこともしないまま、亡くなった母を思っていた。

「いま、シナリオの勉強をしているでしょ、戦争も、大事なテーマなの、Kさんに疎開のお話も、お聞きしたいし……」

戦争中、浜松に疎開をしていたというKさんのお話も、もっともっと聞きたい。また女学校時代、親友と授業をさぼり映画を観た、みつかったら退学ものというお話は、胸躍らせて聞いた。そして、昔の映画の話も、まだまだ、無尽蔵にでてきそうだ。

わたしは、Kさんとの映画鑑賞が、ほんとうにたのしいと、娘さんに話していた。

年明けて、一月に『デブラ・ウインガーを探して』、三月には『カルメン』を観た。

そして七月には、Kさんの強い要望でフランス映画『パピヨンの贈りもの』を観るために、はじめて銀座行きに挑戦し大成功。

何十年ぶりかと、銀座を、上気した顔で歩くKさんだった。

## 有楽町

長い猛暑が過ぎ、秋のきざしがみえてきたある日、わたしはそろそろどうだろうと、Kさんに電話をかけた。

Kさんは『誰も知らない』を観たいという。テレビで紹介の番組を観て、新聞でも関連記事を読んで、ぜひにという。

意外だった。Kさんの口からは、邦画の話は聞いたことがない。若い時も洋画ばかり観ていたらしい。

カンヌ国際映画祭で最優秀男優賞をとった柳楽優弥君をみたいし、今の子どものことも興味があるという。

銀座へ行き、自信をつけたので、有楽町で観ようと約束をした。このところのKさんの、初めての邦画鑑賞である。

『誰も知らない』を観たのは、十月の初め、雨の多い中のめずらしく晴れわたった日だった。

観終わって、カフェテラスでKさんとわたしは、涙でぐしょぐしょの顔で、向きあっていた。

母に置き去りにされた四人の兄妹が、力を合わせ暮らすが、次第に生活が壊れていく。十二歳の長男役の柳楽優弥の最優秀男優賞受賞で、世界中の注目をあびている映画である。

好きな人ができた、もしや結婚という母親。

「僕たちのこと、話したの」

「そのうち話すからあ」

母親は、クリスマスに帰ると言い、出て行く。しかし、クリスマスにも正月にも帰らず、送られた現金書留のお金も尽きてくる。

心配してくれるコンビニのお姉さんに、警察か児童相談所に相談したほうがと言われるが、「四人一緒にいられなくなる、前にもそうなりかけて、大変だった」と話す優しい長男である。


「……子どもも、本当にせつないし、女と母親の間で、ゆれる母親もせつないし……」

とKさん。

「優弥くん、すごいわね、子どもから脱皮しつつある、微妙な変化も演じて」

とわたし。

「もって生まれた天分かしら……それに、いじめとか、今の問題もちゃんと描かれているし、是枝監督って、どんな映画、撮っているの?」

とKさんにきかれて、『幻の光』『ディスタンス』と、自分が観た映画の話をしていた。

はじめて是枝監督の映画を観たのは『幻の光』である。

自殺した夫の心のうちが知りたくて、旅に出る妻の話だ。いろいろな人に出会い、話をしていく。

なぜ自殺をしたかなど、死んだ本人しかわからないこと——彼女が旅で得た答えである。

寡黙な映画で、主人公の江角マキコと相手役の浅野忠信の、迫真の演技もよかった。

いっぺんに是枝監督のファンになった。

この映画に求めていた、わたしの思いがある。

わたしの夫も、自殺している。

中学教師だった夫と、知り合い、三か月後に結婚した。が、その直後、夫はうつ病になり、休職、自宅療養に。

三十八のわたしが妊娠したのも、その前後である。

はたして子どもは、夫の病気に、いいのか、良くないのかと、迷いに迷ったが、わたしは、産むほうを選んだ。

十か月後、圭太が生まれ、その二か月後、職場復帰の前夜、夫は命を絶った。

あのとき、ああしたのが……よかれとおもってしたことが、夫には負担になったのではないか。そんなことがいつも頭から離れない。

同人誌の仲間や、職場の友人（看護師のわたしは当時、K医務室で働いていた）、圭太をあずけることになっていた無認可保育室の先生と、たくさんの人たちの支えで、わたしは自分を保っていられた。

すやすやと眠る、生後二か月の圭太の無心な顔は、なぜ、なぜ、と気が変になりそうなわたしの頭を、平常に戻してくれていた。故郷の母と弟も、わたしのかなしみを、分け持ってくれた。

〝なぜ〟は後回しに、今は仕事と圭太を育てることだけを考えてやろうと思った。

圭太の成長はわたしに試練と、たくさんの喜びを与えてくれた。

『幻の光』を観たのは、圭太が中学生のころだろうか。

なぜ死んだのかは、死んだものにしかわからないという、主人公のだした結論が、ぐいぐい心に響く。

死んだ人の分も、生きるしかないのだと、映画はわたしに語ってくれていた。

「それに『ディスタンス』は無差別殺人を起こした、加害者の家族の悲哀を描いた映画……忘れられない映画よ」

「どこかで、観られないかしら」

「『誰も知らない』が話題になっているから、ＢＳでやってくれればいいのにね」

「ほんと、ぜひ観たいわ」

Ｋさんとわたしはそんな会話を交わしていた。

こしかたゆくすえ

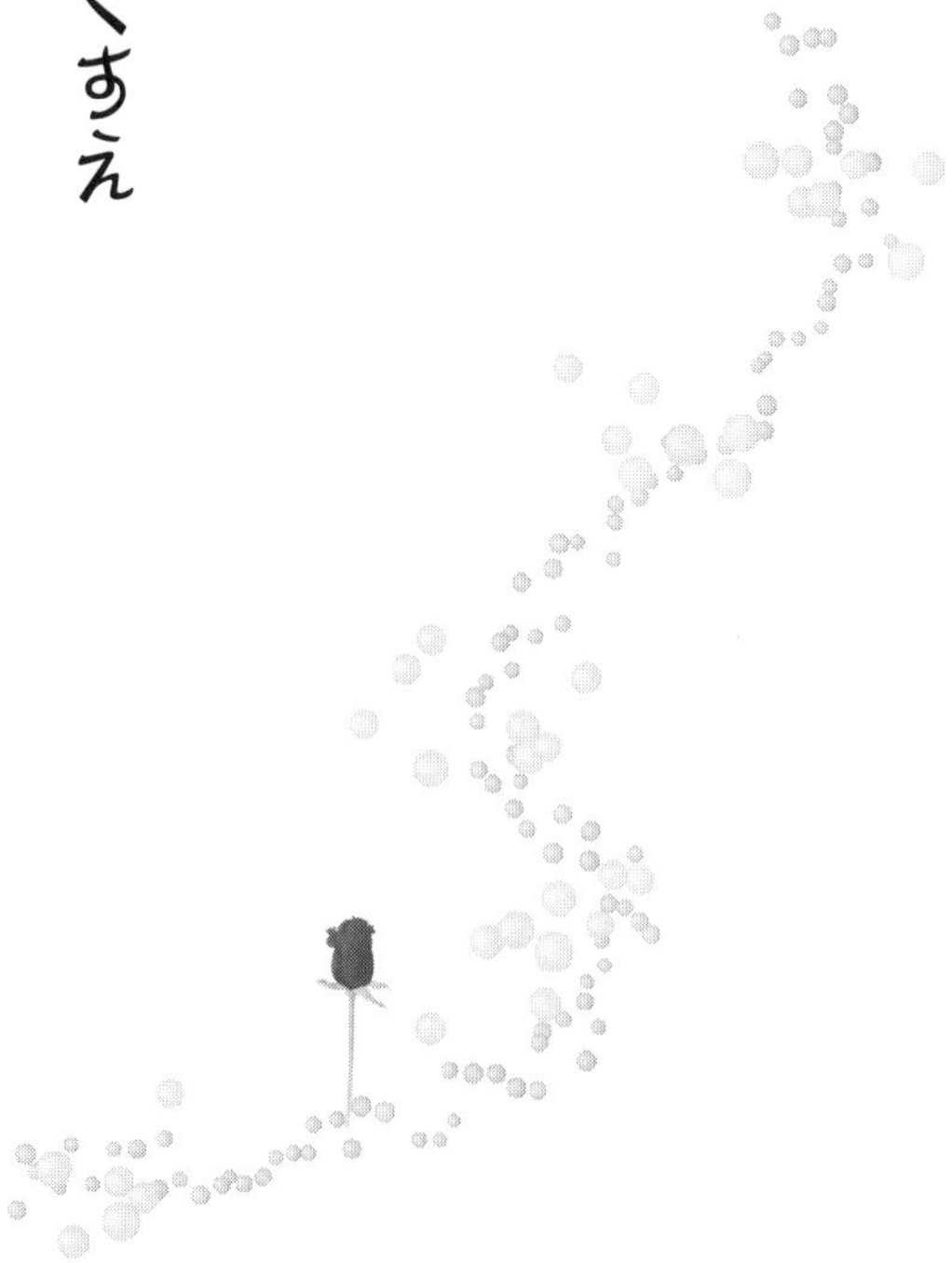

# アルバム

弟から、古いアルバムが送られて来た。田舎の家を整理する、欲しいものはと問われ、頼んでおいたのだ。

表紙がいたみかけているのも何冊かある。

母や父の若いときの写真、カメラが趣味だった父の撮った風景、高山植物、珍しい様式の建築物、母の妹たち、きれいなモデルさんの写真などなど、おびただしい量である。

高下駄、マント姿の学生時代の父の写真もある。

『大阪医科大学付属産婆養成所　一九三十年』とある卒業アルバムは、母の学生時代のもの。そっと繰ってみる。羽織袴の集合写真や、たくさんの実習の写真、すその長い白衣姿で赤ちゃんを抱く母や、同輩の学生たち。はじめて見る写真に、目を奪われていた。

三人姉妹で一人、産婆資格を取った母だが、後に、その資格に、助けられることになる。

アルバムを見ていると、子どものころのことが、思い出されてくる。

わたしが一九三九年生まれ、三年後に弟が生まれている。

赤ん坊のわたしの写真はたくさんあるが、弟のは一枚だけである。

戦争が激しくなったころで、写真どころでなかったことと、もともと丈夫じゃなかった父が、風邪をこじらせ寝込んでいて、戦争の激化と共に、容態が悪くなっていたこともある。

父は戦争中に亡くなる。

わたしが憶えているのは、布団で寝ている父、電気蓄音機で音楽を聴いている父、自慢のドイツ製のライカというジャバラのカメラを覗いている父の姿である。

こしかたゆくすえ

# 馬

## めんこい仔馬

忘れられない事件があった。わたしが五歳のときのことだ。

堺市で運送業を営んでいたが、戦争でトラックも手放し、家はがらんどうだった。

父は静養中で、母は隣組のつきあい、南宗寺《なんしゅうじ》での竹やり訓練、配給の食べ物の受け取り、回覧板などなど、忙しそうで、いつも怒りっぽかった。弟は二歳になったばかりだから、手もかかっていたのだろう。

## 馬

いつの間にか、わたしは父のそば、弟は母のそばにいることが多かった気がする。

ある日、わたしは一人、道端でしゃがみこんで遊んでいた。突然、轟音が響き、一頭の裸の馬が怒濤のように、目の前を駆け抜けた。

ぱっと立ち、雷にでも打たれたように、馬が行った砂埃の道を見ていた。何が起きたのかさっぱりわからない。

馬は大好きだった。まだ父が元気だったとき、父に抱かれて動物園で、シマウマを見た記憶がある。

洋楽マニアの父は、ビクターの会員で、寝床のわきの電蓄で『田園交響曲』や『カルメン組曲』『アルルの女』などを聴いていたのを憶えている。

わたしは童謡『めんこい仔馬』を買ってもらい、何度もかけてもらっていた。

そのころは、金気の物は供出といい、家の中から消えていた。かなだらいや、やかん、火鉢の火をかく火箸、大事にしまわれていた金歯などが供出された。

そしてレコードの針までが、市場になくなっていた。かわりに手に入った竹の針で、父は耳をすませ聴いていたものだ。

バタバタとわたしは父の寝床にかけて行った。

どうしたのと聞かれても、息が苦しく、すぐには答えられない。

心配そうな父の顔を見ていて、わたしはやっとの思いで、自分が見た光景を話した。

「馬は、軍から逃げてきたの?」

「……そうかもしれないね」

「走って、どこまでいくの?」

「さあ、それじゃ自分では止まれないな、走れるだけは走る……」

「なんしゅうじで、お水飲めばいい……」

馬が消えた坂道の向こうに、南宗寺があった。わたしは隣の公子姉さんに連れられよく行った。

境内では、託児所の子どもたちが、青いとんがり帽子を被り、お遊戯をしていた。わたしも早く、いっしょに踊りたいと思ったものだ。その境内の脇のほうに、水をためたおおきな防火用水がある。その水を飲めば、馬は元気を取り戻すかもしれない。

わたしは父の顔を見つめた。

父は苦しそうに、顔をゆがめ、

「かわいそうだけどね、もうお水を飲む元気はないよ……」

と言った。

わたしは目の前が真っ暗になる思いだった。

「……里乃、ここへおすわり、レコード、かけよう……」

父は、寝床に体を起こし、自分のそばの畳を、手でたたいた。

「……出かけているね」

といたずらっぽく微笑む父に、

「うん……」

と、わたしも少し笑って、うなずいた。

母のことである。

数日前のことだ。

母は隣組の集まりから戻って、当時評判だった童謡の『めんこい仔馬』は禁止されたこと、かわりに『軍馬』を歌わせるよう、お達しがあったという。そして『軍馬』のSPレコードを渡した。

母は『めんこい仔馬』のSPを持っていこうとしたが、「かけないからいいだろう」と、父はいつになく強気で言った。そのSPレコードをジャケットに入れ、本棚の中にしまいこんだのである。

〝軍馬だ、軍馬だ、ドンとドンと行こう〟という『軍馬』は騒々しいだけでつまらないと思った。


わたしはわくわくした。

ぬれた仔馬のたてがみを
なでりゃ両手に朝の露

呼べば答えてめんこいの
それえっ！

竹の針だから、低く、かすれるような歌声だが、電蓄に耳をぴたりとつけ、自分も歌いながら聴いていた。

父は、それからまもなく容態が悪化。肺炎を起こし入院、翌朝、病院で亡くなる。

終戦の年の三月のことだった。

## 栗色のビロード

馬の思い出がもうひとつ。

家の前の疾走事件より前だったと思う。

配給を取りにいくのに、母について行った時だ。途中で人だかりがしている。近づくと、人の輪の中に、馬に乗った軍人さんの姿が見えた。

母は、にこやかに近づく。

腰に剣をさし、長靴をはいた若い軍人さんだ。

「まあぁ、洋一さん、ご立派に……」

母が満面の笑みで言った。

よく見ると向かいのお兄さんだった。お兄さんは、白い手袋の手で敬礼をした。

「中沢さん、お久しぶりです、ご主人、いかがですか」

「……はあ、はっきりしないで、皆さんに、ごめいわくばかりかけまして」

そんなようなことを話していたと思う。

母は父のことを、お国に奉公できずにと言うことがよくあった。誰かれにそう言う母が、わたしはいやな気がしていた。

わたしの目の前に馬がいた。

長い脚、栗色の美しい毛並みはビロードのよう。間近で見たのは初めてで、つやつやのお腹をうっとり見上げていた。長い脚の下には、小さい子なら何人かはいれそうだ。

わたしは頭をすくめ、そっと馬のおなかの下に、足を踏み出した。

「り、里乃!」

母の手が、わたしをつかみ、引っ張り戻した。

「ど、どうも、すみません、まあぁ、この子は! とんでもないことを……本当に……」

「いえ、いいえ」

ただならぬ母の気配で、わたしは悲しくべそをかいていた。

「里乃ちゃん、さ、帰りましょ」

後ろから、肩を抱かれた。

隣の公子姉さんだった。

後で母から、公子姉さんと洋一さんは、戦争が終わったら結婚するのだと聞いた。

父が、亡くなる少し前、洋一さんは戦死した。

# 石臼

父が死亡し、わたしたち親子三人は、堺の家を引き払い、四国の父の実家に、祖母と暮らすために戻った。

わたしたちが発った三日後、堺は空襲に見舞われ、家も焼けた。一九四五年三月のことである。

少しして、父の兄が、焼け跡を見に行ってくれた。

「……家はあとかたもなく丸焼け……大きな綿の塊があって、首をひねったね。隣組の人が、石臼だと教えてくれたよ、自分のとこの石臼も、綿になったってね」

おじさんの言葉に、わたしの胸は張り裂けそうになった。

石臼で黄な粉を引き、あつあつのご飯にかける黄な粉ご飯は、もう食べられない。無性に、悲しくて、自然に涙がでてきた。


それまでわたしは、父の死もぼんやりとして、実感がなかった。

あの晩、わたしと弟は隣の公子姉さんのところに預けられた。父が、病気を治すため入院したからである。

明け方、父は死んだ。そして、わたしたちはあわただしく帰省した。

葬式のことや、どうやって堺から四国に帰ってきたのか、まるで憶えていない。

が、わたしのなかでは、父の死はあいまいだった。

いつか病気が治った父がただいまと、戻ってくるのじゃないかと、ぼんやりと考えていた気がする。


「お父さんが、先に死んで、わたしらを助けてくれたんだね、あのまま堺にいたら、みんな焼け死んでいたのだから」

母は、しんみりと言った。さらに、

「石臼が、綿にねえ……おそろしいものだねえ、爆弾……」

とも言った。

わたしはそのとき、父にはもう会えないということが、はっきりとわかったのだった。

# 終戦

四国の家で、終戦を迎えた。暑い日だった。

母が駆け込んできた。

「……日本は負けた。……戦争に負けたんですよ……」

祖母の前で、畳にぺたんと坐り、母は顔を真っ赤にして言った。

「……お父さんは……、ペニシリン一本あれば、肺炎でなんか、死ななくてすんだのですよ……、お義母さん！」

母と祖母は、いつまでも黙って、顔をみあわせていたのを覚えている。

それから、母の苦労が始まる。

三人姉妹の長女だった母は、娘時代、何のはずみか産婆の資格を取っていた。父が亡くなるまで、使うことのなかった免許である。

町の古い産婆さんに教わりながら、母が助産所の看板を出し、働きだした。

戦争中よりも、戦後のほうが、食糧難だったという。わたしたちは、いつもお腹をすかしていた。

「肺炎で死ぬなんて。ペニシリン一本あれば、死なずにすんだ。父さんは戦争にいけなかったけど、戦争で殺されたも同然よ」

と母は戦後、よくこぼしていた。

母は時に、着物や父のラクダのシャツなどを自転車に積んで、農家へ行き、ジャガイモやさつまいもに、取り替えてもらってくる。

ある日、出かけた母がすぐ戻ってきた。土間に自転車を入れ、わたしに目で合図をし、口に指を当てた。

おまわりさんが、恐い顔をして入ってきた。

母は、自転車の荷物を降ろし、その風呂敷を広げて見せた。

「ほら、お米じゃないですよ、妹に頼まれて、わたしの着物を届けに行くとこなんだから」

おまわりさんは、じろりと何枚もの着物を見、次に恐い顔でぐるりと家の中を見回し、出て行った。

わたしは、とても恐かった。

# 都会にあこがれて

わたしが高校を卒業し、東京の看護学校に行きたいと言ったとき、母は大反対した。三人姉妹で資格を取ったのは自分だけ。妹二人は、夫と幸せに暮らしている。女が手に職を持つとろくなことはない。女の幸せが、手のひらからこぼれ落ちる結果になる。やめろと言う。

わたしは、聞く耳を持たなかった。お母さんも、結局は資格に助けられたじゃないかと、母の反対を突っぱねた。

しかし本音は、看護師にあこがれたのではなく、東京へ出たかったのだ。

中学時代から文学に魅了され、世界の文学作品を読みあさっていたわたしは、演劇や文学など、たくさんのチャンスがありそうな都会で、勉強したいと思った。

中学二年生の時「ファーブルの昆虫記」という演劇をやった。演劇の好きな先生が、学年を超え生徒を集めた。夏休みに、毎日学校で練習した。

そして二学期が始まる前に、町に一軒ある芝居小屋で上演した。父母、生徒、近くの人々が座布団を手に集まり、小屋はいっぱいだった。母と弟も来てくれた。

わたしは、ゆらゆら揺れる長い触角をつけ、昆虫になりきっていた。

「わたしは、わたしは、どうしたらいいのでしょう……」

舞台中央、横坐りで嘆く昆虫のわたしは、自分のセリフに酔いしれていた。

芝居が終わり全員舞台に並ぶ。先生が、わたしたち一人ひとりを紹介した。

拍手は鳴り止まない。わたしたちは手をつないで、何度も何度も、お辞儀を繰り返していた。

難しいことも言われ、繰り返しのセリフの練習、ひと月余りの稽古が次々と思い出される。終わるのがさみしく、またやりたい気持ちだった。

そのとき、大人になったら、演劇をやりたいと、ひそかに決めた。

一九五二年ごろの、今では考えられない、古き良き学園生活。戦後の民主教育が、花開いていたのである。

休みの日、生徒を連れ、野山を植物採集しながら歩き回る先生。世界文学全集を学校へ持参しては、次々に生徒に貸していく先生。先生も生徒も、学園生活を謳歌していた。短い青春の時代を、惜しむかのように。

わたしは、先生たちから、たくさんの影響を受けた。一番多感な時代にホーソーンの『緋文字』やシュトルムの『みずうみ』そしてゾラの『居酒屋』などなどを知った。

眠る時間を惜しんで読んだ。

悲しい恋の物語に胸がしめつけられた。「エリーザベト……」と血のでるようなラインハルトの叫びが聞こえる。パリの石畳を、貧しくも逞しい女が、長いスカートのすそをひるがえし闊歩するのが、見えてきそうだった。

百年以上も前に、このような小説が書かれている。人間はなんと素晴らしいのだろう。

わたしは作家にも、本の中の人物にも、うっとりとしながら読んでいった。

高校三年のとき、看護学校への進学を希望した。三歳下の弟のことを考えると、わたしの大学進学は難しい。なら、費用が比較的少なくてすむ看護学校に行こうと、ずいぶん前から心に決めていた。

そして計画どおり看護師になる。病院勤務は三年で辞め、医務室勤務をしながら、演劇や音楽、文学と、自分探しを始めていた。

当初の志は、すんなりといくわけはなかった。

新聞で見つけた演劇サークルに、出かけたことも何度かある。わたしの想像する、熱い演劇への思いとはずいぶんかけ離れているようで、どこにもなじめなかった。

そんな時、ある文学サークルに入ることになる。

そして、三十七のときに運命の人と出会う。

それまでの恋は、つらくて、さみしい思い出が多かったが、彼との短い恋の期間は、夢のように楽しいことばかりだった。

この人と出会うために、三十七年という長い歳月が必要だった。わたしは心からそう思えた。

詩を書いていた彼の影響で、わたしもにわかに、詩を書きだした。

毎日会って文学論をたたかわし、わたしの詩を見てもらう。本当に楽しかった。

中学教師の彼の心の中の苦悩など、何一つわからなかった。

わたしたちは、三か月後に結婚した。

その後は試練の連続。わたしの結婚を待ち望んでいた母にも、衝撃を与えてしまうことになった。

# 名曲喫茶

あらえびす

父は、いつもわたしの心のなかに憧れとして、あったような気がする。

東京で演劇や文学と、あちこち探りまわっていた三十代のはじめ、ふいに『田園交響曲』が聴きたいと思った。それまでクラシック音楽は特に、興味も持たなかったのだが。吸い寄せられるように、衝動的に、だった。

クラシックに詳しい友人に相談した。

「急にどうしたの」

と、彼女は驚きながら、わたしを高田馬場の名曲喫茶「あらえびす」に連れて行ってくれた。

オーナーは『銭形平次捕物控』の作家、野村胡堂。彼が音楽エッセイを書くときのペンネームが「あらえびす」だと、話してくれた。

それから「あらえびす」通いが始まる。

リクエストをすると、しばらくしてかけてくれる。

『アルルの女』『カルメン組曲』『田園交響曲』はもちろん、『運命』、バイオリン協奏曲やピアノソナタなどなど、何年も通ううちに、名曲のかずかずを聴いた。

馬淵さんという女性が黙々と仕事をされていて、何度か話もした。

コンサートにも、行く楽しみを知り、友人と行った。

「あらえびす」が閉鎖したのは、何年後か。

馬淵さんも健康の理由でできなくなったこと、クラシックファンが減り、経営が難しくなったという。

最後の日、新聞でも報道され、満員の「あらえびす」で別れを惜しんだ。

何千枚かのＬＰレコードは、長野県の野村胡堂博物館に収められるとのことだった。

仕事で疲れたときやさびしいときは「あらえびす」で音楽を聴いたものだ。

どこか探さねばと思っていたが、まもなく彼と出会い、結婚、出産、彼の死と、生活は一変、音楽鑑賞どころではなくなった。

## 平均律

圭太が、年長さんになり、体もしっかりし、わたしも余裕がでてきた。

そんなとき、友人から原宿の名曲喫茶「平均律」を教えられた。

ある日曜日、圭太を連れて行った。紅茶が美味しいお店で、カップもたくさんあり、好きなのを選べる。

何度か通ううち、マスターとお話をするようになった。

「あらえびす」のファンだったが、閉鎖されてがっかりしたこと、このお店を知ってほっとしているなど、話すと、マスターも嬉しそうに、お店の歴史を話してくれた。

「へいきんりつってなんですか?」

と圭太が聞く。

マスターは、

「平均律というのは作曲上の用語で……」

と、わかりやすく話してくれていた。

一年半がすぎたころのことだった。

圭太も小学生になり、久しぶりに二人で行った。お茶を飲みながら、リクエストしたモーツァルトのピアノ協奏曲を聴いていた。

帰り際、マスターがすまなそうな顔で、今月で閉鎖すると言う。わたしは驚いた。急にどうしてと聞いた。

「『あらえびす』でがっかりしている中沢さんに、いいにくくて……大分前から、決めていたのです……ごめんなさい」

マスターの話では、原宿の再開発で雑居ビルが建ち、家賃は高くとても無理だという。さみしいことだが、どうすることもできない。わたしと圭太は、マスターとわかれを惜しんでいた。

## アンサンブル

あれから二十年近くが過ぎた。

圭太はうちを出ている。

わたしは映画を観ることやシナリオの勉強と生活も変わり、喫茶店でゆったりすることもなくなっていた。

そんなころ歯医者に通いだした。渋谷からバスで十五分ほど行く。バスの窓から、初めての街を、きょろきょろ見ていた。

何度目か、途中、音楽喫茶「アンサンブル」の看板に気がついた。信号待ちでとまったとき、見つけたのだ。

アンサンブルという店名は、クラシックの店らしい。そんな思いで通る都度、窓から見ていた。

ある日、予約の時間に一時間以上も早く来ることができ、途中下車した。

左右にクラシックコンサートのポスターが貼ってある、地下の階段をおりる。

扉を開けると、バロック音楽が静かに流れている。グランドピアノ、コントラバスもあり、サロンコンサートもできそうな店内は、思ったよりも広い。

隅の席で、初老の男性が目をつぶり聴き入っている。

わたしはそっと、腰を下ろす。

注文をとりにきた青年に小声で、リクエストはと尋ねると、いいとのこと。さっそく、モーツァルトのピアノ協奏曲『戴冠式』をリクエストする。

なつかしいピアノのしらべをききながら、ほうっとしていた。まだ名曲喫茶があると思うと、嬉しかった。

# 母の自慢

わたしは、考える前に体が動くほうだが、母はもっとはなはだしかった。案外、年を重ね、母に似てきたのかもしれないが。

三十七で結婚したとき、母は四国に住んでいた。
中学教師の夫は九歳年下、結婚してすぐうつ病を発症し、自宅療養になる。
夫の病気のことは、母には話せなく、同じく四国に住む弟にだけ話をしていた。
そしてわたしは妊娠し、迷いはあったが産む決心をする。
助産師の母が嘱託で働く病院で、里帰り出産の予定だ。その間、夫は実家に戻ることになっていた。

予定日近くなったとき、母は自分の手で取り上げると言う。わたしは驚き断った。母じゃなければ誰でもいいと懇願した。

「なにを言う、出産という神聖な仕事に、私情など入らないよ」

と、まるで聞く耳を持たない。

仕事が好きな母は、定年を過ぎて働いているのだが、あんたの子は自分がと、堅く決めていたという。

三十八のわたしは、妊娠中毒症の疑いで入院した。血圧も高め、足はパンパンにはれ、ぐったりしていた。いよいよ出産がはじまると、もうどうでもいい、早く産ませてという気持ちだった。

予定日より早い二月六日、圭太は母の手で、この世に引っ張りだされたのである。

田舎のいとこたちがきてくれると、わたしが取り上げたと、嬉しそうに自慢している母だった。

夫も、両親を伴って、すぐ来てくれた。

病室で、ぎこちなく圭太を抱く夫は、元気で嬉しそうだった。まもなく四月から、職場復帰ができるとも言った。

帰京した夫の電話で、圭太という名前が決まった。

元気になった夫と、一日中顔を見つめていたい可愛い圭太。東京に帰ったら、忙しいぞ、産休が明けると仕事も始まる。夫とふたりで、圭太を育てていこう。わたしは体全体に、力がみなぎる思いだった。

圭太が二か月になり、帰京した。

そしてその翌日、明日から中学校へ職場復帰するという夜、夫は命を絶った。

わたしは何もわからない、時々、キーンと金属音がする頭で、電話、電話と、電話をかけまくっていた。夜中に友人たちが、来てくれた。

「圭太くんはまかせて」と、隣の奥さんに、ミルクのつくりかたを聞いているKさんを、横目で見ていた。

電話で弟は、母には自分が話すからと言ってくれた。

翌朝、来てくれた弟は、母が風呂場ですべり、額を五針縫う大怪我をしたと言った。

夫が死亡した時間と、ほぼ同じとき、母は怪我をしたのである。

その時間の符合に、わたしは、なんともいえない気持ちだった。

その後、職場の同僚たちが、交代で、とまりに来てくれていた。

圭太が眠った後、友達と、職場のこと、だれかれのことなど、とりとめもないおしゃべりをする。そんな時間は気持ちがまぎれ、ありがたかった。

自分も子育て中の弟は、子育ては夫婦二人でも大変、帰郷して、母と一緒に育てたらと言ってくれた。

わたしは、東京が好きで出てきた。職場の大切な友人たち、同人誌の仲間たち、演劇や音楽……。東京という巨大都市は、厳しいが、たくさんの刺激と冒険に満ち溢れている。

田舎から、あこがれて出てきて、そして好きあって結婚、夫が死亡、子どもを抱え、助けを求めて帰郷……そんな情けないことは嫌だ。

わたしの頭に、好きな作家津島佑子のエッセイが浮かんだ。

二人の子どもを抱え離婚した津島佑子は、母親に実家へ戻るよう言われる。そのとき彼女は、大人になってもう一度、小学校に行くようなもの、そんなことはできない、一人で育てると断っている。

その文章が鮮明に浮かび上がり、わたしもがんばると、決意を新たにしたのである。アトピーと喘息に苦しむ圭太のそばでは、そんな決意もぐらりとなることが、何度もあった。が、大勢の友人、何人ものベビーシッターに支えられ、やってこられた。

手塩にかけ育てたわが子に、結婚してまもなく死なれた、夫のご両親の悲しみや悔しさは、わたしなどの比ではなかったろう。

あの時は余裕がなかったが、自分で子どもを育てる過程で、わたしは素直にそう思えるようになっていた。

額の傷の抜糸が済んで、母は上京してきた。無心に眠る、圭太の顔を見つめ目を潤ませ、

「せっかく結婚できて……あんたはまあ……。でもね、わたしは三十六で、二人の子を抱

え、未亡人になったんよ、あんたは三十八で子どもが一人、わたしよりましだわ」と言った。

時代が違う、単純に比較など、といいたかったが、いかにも母らしい励まし方も嬉しく、黙っていた。

圭太の乳幼児期の綱渡りのような暮らしで、一年に一度は、上京して助けてくれた母も、もういない。

わたしも、人生の最終ラウンドに向かいつつある。豪雨、大地震、イラク戦争……、本当につらいことばかりが、つぎつぎ起こる。

自分らしく精一杯生きていきたい。若者たちとたくさん交流し、一生懸命生きたい。そして勉強を重ね、良い脚本を書き、大勢の人に、読んでもらえるようにがんばりたいと思う。

# りんごと梨と

ある夜の帰り道のこと、表参道で銀座線から田園都市線に乗り換えた。空いた席に素早く坐る。十時を少し回っていた。

昼間、旧友のNさんに会い、りんごをいただき、持ち歩いていた。その紙袋をどんと足元に置く。

次の渋谷駅に着くと、大勢の乗客が乗り込んできた。わたしの前に、若い男女が幼子の手をつなぎ立った。その男の子は、男性の手を離し、女性の腰周りにまとわりつきぐずりだした。何か「ちょうだい」といっている。彼女は、「お家に帰ってからね」と、やさしく言った。男性は少し困った表情を一瞬みせるが、黙ったまま立っている。

わたしはさっと立ちあがった。

「どうぞ、すわって」

「大丈夫です。すぐ、二子玉川で降りますから」

「わたしのほうがずっと近いわ、駒大だから。さあ」

「はあ……すみません、じゃあ」

その人は子どもを抱いてすわり、わたしは男性と、並ぶ形で吊り革につかまる。

子どもは、バッグに手を入れたりしたが、「お家に帰ってね」と再度言われ、おとなしくなる。

男性は、黙ったままだ。夫婦ではないと、立つ前から感じていた。

二人の指にリングはないし、緊張感もある。

三軒茶屋に着いた。男性は、「じゃ、気をつけて」と。

「ありがとうね」

男性は微笑んで、男の子の頭にそっと手を置き、「バイバイ」と微笑む。「バイバイ」と、その子は胸の前で、ひかえめに手を振る。

電車が止まり、男性は降りていった。

また、男の子がぐずる。眠いのかもしれない。

「おいくつですか?」

とわたし。

「何歳だっけ?」

その人は笑顔で、男の子の顔を見る。

少し、照れ笑いで、指を三本立てながら、

「にさい」

そのお母さんは笑って、

「ほらこうよ」

と三本の指を二本に、直してあげる。

「まあ、一番可愛いときね、今のうち、うんと楽しんどかないと、すぐ大きくなっちゃいますよ」

「はい、みんなにそう言われます」

男の子の機嫌も直ったらしく、ニコニコして母親の顔を見たり、ときどき、わたしを見上げたりしている。愛嬌よしらしい。

圭太も、こんな時期があった。わたしの都合で、夜も連れて出ることが多かった。結構、誰かれに愛嬌を振りまいていたっけ。

「わたしの息子は二十六歳、ほんとにあっという間よ、小さいときは早く大きくって、祈るような毎日だったけど……なつかしいわ」

おだやかなそのひとの表情に、つい、わたしはおしゃべりになる。

「まああ二十六歳……。息子さん、ご結婚は？」

「ふふふ、彼女と目下同棲中、わたしは、ひとり暮らしに戻ってね、今やわが世の春、こうして好きなことしています」

「まああ、そうですか」

彼女も笑って言った。

「駒沢大学、駒沢大学……」とアナウンスがあり、電車が止まった。

わたしは、袋のりんごを一つ、素早く取り出す。ずしり持ち重りのするりんごだ。

「はい、お家で食べてね」

その子の手に持たせる。

「まあ、すみません。ありがとうは」

「ありがとう、おばちゃん」

「お元気でね」

「ほんとに、ありがとうございました」

わたしは、電車を降りた。窓から手を振る母子に、わたしも手を振る。さわやかな母と子にあって、すがすがしい気持ちだった。


あのときは梨をいただいたっけ。タクシーを待ちながら、昔を思い出していた。

二十六年も前のこと、わたしは疲れて、夕飯を近くのとんかつやで圭太と食べていた。

隣の席で、恰幅のいい初老の男性が、同じような年格好の数人と、食事をしている。

圭太は、食べながら、保育園で誰ちゃんが何をしたと、よくしゃべっていた。

その人が、こちらを向いて笑いかけた。

「元気いいな、ぼう、いくつだ?」

「ぼく、にさいとはんぶん!」

圭太は、ぱっとそっちを向き、指を二歩立てた。

「ほう、二歳と半分、そうかそうか。いいものあげよう、おいで」

その人はそばの紙袋から、大きな梨を取り出した。

「すみません、うるさくて」

「いやいや、子どもは元気が一番。ほら、ぼうの頭とどっちがおっきいかな」

圭太は、わたしの顔をちらっと見て、その人の前に行った。

「ほら、おっきいだろ、家に帰ったら、すぐ食べるんじゃないよ、お父さんが帰ったら、一緒に食べるといい。お父さんはね、会社で働いて、疲れて帰ってくるんだからね」

圭太は、出しかけていた両手をすっとおろし、泣きそうな顔でわたしをみて、うつむいてしまった。

「ぼう、どした、さあ」

「すみません。あのう、うち、母子家庭なもので」

その人は、顔を真っ赤にさせた。

「そ、そりゃ、おじさん、悪かった、ごめん、ごめん、ぼうのうちは、ママががんばっているんだね、この梨、かえったらすぐ、ママと二人でたべてね、さあ」

圭太は、顔を上げ、笑顔で梨を受け取る。

「ほら、重いだろ、落っことさないでよ」

「ありがとう、おじちゃん」

圭太は、胸に梨を抱き、席に戻った。

「大変だね……。わしはこの先の米屋だから、いつでもあそびにきてくださいよ」

と、その人は言った。


そんなことを、思い出しながら立っているわたしの前に、タクシーが止まった。

# 妄想DNA

圭太の保育園時代は、わたしも保育園の看護師をしていた。

忙しい職場で、特に三月末から四月にかけての年度替わりの時期が大変だった。新年度の準備その他で、夜の打ち合わせも多い。

すでに嘱託もやめていた母が、三、四週間の間上京、保育園の送り迎えや、家事などを手伝ってくれた。

ある年のこと、まもなく母が四国に帰るというので、お疲れさんという気持ちで、伊豆の区の契約宿に連れて行った。圭太が三歳か四歳のときだ。二泊し、温泉にもゆっくりと

考えた。

一日目、サボテン公園やワニ園で圭太は大はしゃぎ、そんな圭太に母もわたしも、気持ちが和んでいた。夜は三人で、賑やかに温泉につかり、海の幸を堪能した。

二日目、どこを回ったか、憶えていないが、三人とも、疲れ気味で宿に戻った。

二階の部屋に入るや、母が棒立ち、

「な、ない！」

と絶叫した。

「えっ？　なにが？」

「バッグ、持っていこうか、迷ったんやけど、ここ、置いた……」

母は床の間の柱の前を指し、ペタンと坐りこんだ。

いつも持って歩いている、黒い小さいバッグである。そういえば、確かに、床の間の柱の前にあったと思う。

「もうう、お金、いくら入っていたの？」

「……四十万」

「ええっ！」

わたしは、腰を抜かさんばかりに驚いた。

「なんだってそんな大金、持って来たのよ！」

東京にくるときは、何があるかわからないと、持参していること、伊豆へは、迷ったのだが、東京のマンションは恐いと考え持ってきたという。

大騒ぎになった。仲居さんは、二十年働いているが、こんなことは初めてと、不機嫌を露骨に顔に出している。

伊東警察から署員が何人も来た。調書を取られる。二階だから、窓からに違いないと、窓の周りや、床の間のまわりを、指紋をとるために、粉をとんとんはたいている。

はじめは、珍しそうに、係員の後ろについてまわっていた圭太も、やがて、しょんぼり頭をたれている母の前に、だまって坐っていた。

なぐさめの言葉もでない。

翌朝ロビーの喫茶コーナーで、支配人にコーヒーをご馳走になる。

「ほんとに、とんでもないことになりまして……。どうか、お気を落とされませんよう、お気をつけて、お帰りくださいませ」

玄関で、宿のかたがたに見送られ、わたしたちは駅に向かった。

何かわかったら、伊東警察から東京のうちに、連絡が入ることになっている。大体、現金は出てこないこと、バッグは、道に捨てられていることがほとんどと、署員に話された。

帰りの踊り子号の車中、わたしたちは葬式のように、黙ってうつむいていた。そんな大金をといいそうになるが、こめかみをおさえ、下を向いている母に、何も言えなかった。


重い足取りで、マンションの鍵を開けた。

「あっ！」

母もわたしも、同時に口を手で押さえた。

上がり端に、バッグが……。ドアからの陽光を受け黒光りしている。

「お祖母ちゃん、バッグ、ほら」

圭太が、バッグに走りよる。

「……よかったけど……、どうしよう……」とわたし。

「ほんとに……、悪いことしたわね……」

「もうう……」

わたしはさっと駆け上がり、電話に飛びついた。宿と、警察に電話で、平謝りしていた。

すぐ、大きなせんべいの菓子折りを、菊屋ホテルと伊東警察署に、お詫びの手紙を添え、送ったのである。

床の間の柱の前に置いたと、母が言ったとき、わたしも本当に、そこにバッグを見たと思ったのだから、母を責められない。

わたしは、この母の子である。

警察とホテルには、本当にすまなく、恥ずかしく、伊東方面に足を向けられない。

時に、失策をやると、あのときのことを思い出す。

# 帰省孫　東京の汗　したたらせ

弟から送られたアルバムを見ているとき、一枚の色紙がぱらりと、畳に落ちた。
母への追悼句が記されている。
母は、仕事をやめたあと、町の句会に入り、俳句を詠んでいた。

　爽やかな　余韻残して　句友逝く　　ますみ

　遥かなる　残暑の道の　安かれよ　　浩二

などなど、いくつかの句が書かれている。
八月の下旬、交通事故で母は逝った。弟もわたしも、死に目に会えなかった。

保育園の年長さんになったときから、圭太は夏の一週間ほど、ひとり暮らしの母と、四国の田舎で過ごしていた。

その年も小学二年の圭太は、祖母と一緒に過ごしたばかりだ。

わたしが連れて行き、とんぼ返り。そして宇高連絡線の（まだ瀬戸大橋は完成してなかった）高松桟橋まで迎えに行く。

その日も、そうやって母から圭太を引き取り、桟橋で手を振る母と別れた。それが、母と会った最後になった。

数日後母は亡くなる。


葬儀の日、田舎の家でわたしは、鏡台の向こうから、母がすうっと、顔を出しそうな、そんな気がしてならなかった。

圭太も大きくなって、これから母に、すこしは孝行したいと思っていたのに、早すぎると、心でつぶやいていた。七十九歳だった。

「ほら、里乃ちゃん、これみて」

帰省孫　東京の汗　したたらせ

母の妹のともおばさんが、目を赤くして一本の団扇をさしだした。

　帰省孫　東京の汗　したたらせ
と、団扇の裏に書かれてある。

辞世の句だ。わたしは、じわっと涙がわくのを憶えた。

葬儀が終わり、帰京するとき、その団扇をもらってきた。

わたしは、本箱の引き出しを開け、団扇をとりだした。セピア色の団扇と、追悼句の色紙を並べて見ている。


あれからもう、二十年余の歳月が過ぎた。

乳幼児期は、早く大きく、小学生に、中学生になってほしいと、願ったものだが、こうしてふりかえると、歳月のたつのは、本当に早いと思う。厳しい時期は、長く感じてしまうのかもしれない。

# 写真のかずかず

弟からの写真の中に、圭太の写真が納められたアルバムがある。

病院で、生まれたばかりの圭太。覗き込んでいる夫の笑顔も明るい。

三歳違いの弟の子どものかよちゃんが、お姉さんぶって、わたしが抱く圭太の頬に手を添えるようにして、笑いかけている写真などなど。

どれも可愛いい。見ていると、当時の光景が、目に浮かんでくる。

栗林公園で、かよちゃんと手をつなぐ着膨れした圭太。三歳間近のお正月である。

気を張り詰めてやってきたわたしが、圭太と二人で初めて帰省した。

「すぐ三歳だから大丈夫だよ、帰っておいで」

と弟に勧められ、一大決心をして、暮れの三十日に新幹線に乗ったのである。

愛嬌よしの圭太は可愛い盛り。あつまったわたしのいとこやいとこの子どもたちに、もみくしゃにされながら遊んでもらっていた。

わたしは、こたつにもぐったまま動けなかった。朝からずっとうつらうつらして、半眠りのような有様だった。

台所では、義妹と母がおせち料理を作っている模様だ。

夕方、そとが翳りはじめたとき、台所から母がきた。

「いい加減、起きなよお」

わたしは薄目を開け、母を見ていた。体がずしんと重くけだるい。

「いいじゃない、姉さん疲れているんだからさ、ほっといてあげなよ」

と、弟の声がした。母は黙って、台所に戻った。

その弟のひと言がうれしくて、またそのますうっと、半眠りに、落ちていった。

夫の写真は、わが家には飾ってない。

亡くなってまもなく、同人誌の仲間が来てくれた。そのときは、葬儀に使った、大きな写真を、立てかけてあった。見ると、涙が出るので、見ないようにしていた。

S先生が、その写真をじっと見ていた。

「中沢さん、いまはこの写真、しまったほうがいいよ」

と、おっしゃった。

はっとした。なにかが、心の中で騒いだ。

「はい……そうします」

涙に暮れているわけにはいかない。仕事をしながら、生後二か月の圭太を育てていくのだ。わたしはS先生の言葉をかみしめていた。

みんなが帰ってから、わたしはすぐ、写真を押入れにしまった。

それから、夫のことを考えるのはずっと先、ともかく、圭太を育てて、仕事をしてと、がむしゃらにやってくる中で、夫の写真もそのままとなっている。

わたしが、たくさんの影響をうけたS先生も、もういない。

圭太が、小学五年生のとき、父親の病気と自殺のことを話し、写真も見せている。

可愛かったなあと、写真に見入っていると、圭太がひょいと戻ってきた。

わたしは弟から送られたことを話し、写真を見せながら、

「これがおじいちゃんの若いころ、四国のおじさんと似ているでしょ」

「ええー、似てないよ……」

圭太は、横に広げられている、自分の赤ん坊の写真を見はじめる。

「かよちゃん、かわいい……お母さんとかよちゃんが似ている」

「ふうん、そうかな……これが、圭太のお父さん」

わたしが指差す。

圭太は、アルバムを手に取り、見ている。

そして椅子に腰掛け、アルバムをめくりはじめる。

「赤ちゃんのときは、ほんとにかわいかったよ、よく女の子に間違えられたりしてね」

「ふうん」

圭太は、アルバムを閉じ、立ち上がる。

「もういいの?」

「ああ、また見たいときに見るから」

「ダンボールに入れて、あそこに置いとくよ」

「ああ」

圭太は、自分の部屋に行った。

わたしは、ほっとしていた。

自然なかたちで、父親の写真を見せることができたのである。

# 早生りみかんの宅配便

十一月の初め、伊豆のOさんからみかんが届いた。小粒で、見栄えはよくないが、無農薬で丹精こめて育てられたみかんだ。

一つ、手に取る。皮をむく。ほんのり、やさしい香りが漂う。口に入れると、さっぱりと控えめな甘さが、口中に広がる。

この早生《はやな》りみかんが届けられると、今年も残り少ないと思う。

Oさんは、圭太が乳児期にお世話になった、ベビーシッターのAさんのお母さんだ。いや、お世話になったと、ひと口には言えない、たくさんの励ましと、大事なことを教わったAさんである。

そのころ、わたしは保育園の看護師、圭太は近くの保育園の園児だった（K医務室から、職場をかわっていた）。

月一度は喘息がでて、保育園を休ませなくてはならない。ひどい時はわたしが家でみるが、保育園は忙しい現場、何日も休むわけにはいかない。

当時、同じ区内で、アルバイトをしていたAさんが、ベビーシッターを引き受けてくれた。Aさんにお願いしたのは、圭太が〇歳と一歳の時だったと思う。

その後、Aさんも都内の養護施設に就職が決まり、ベビーシッターも、何人もの方にお世話になった。

あのころ、夫のことを考えるのはもっと先、とりあえず仕事と圭太のことを考えてやろうと、かたく心に誓っていたわたしは、肩に力が入りすぎ、いつも余裕がなかった。

寒くなれば、喘息を起こさせないように、風邪をひかさないようにびくびくものだった。湯冷ましのやかんにほこりが入らぬよう、ウイスキービンのふたでやかんの口をおおい、友人に「やりすぎ」と言われたりもした。

圭太がお休みした日は、帰宅して、圭太をみてくれているAさんと、話すことが楽しみだった。圭太も嬉しそうだった。

ある夏の日、Aさんから電話があった。圭太が二歳五か月の時だ。Aさんの実家、伊豆の海に圭太を連れて行きたい、わたしも一緒に、と言う。驚いたわたしは、まだ早いと断った。喘息の恐怖もあり、遠出、それも海は考えられない。わたしがそう言うと、Aさんは、

「だから連れて行きたいの。圭太ちゃん、海を見たらよろこぶよ。自分も一緒だし、田舎っても、小児科医もいるし、大丈夫。子どもは海が好きよ。行きましょうよ」

いつになく、引き下がらないAさんの熱意に、わたしも心を動かされた。

結局、友達のTさんにも頼んで一緒に行ってもらうことにした。

その頃わたしは、妙に気が小さく、心配性になっていたと思う。田舎の母が、四国へ帰れば、一緒に育てられるのにと言ったが、ひとりでやると、断ったものの、時々、自信をなくすこともあった。

生まれて初めての海。

圭太は最初こそ恐がったが、Aさんのうまいリードですぐに慣れ、浅瀬で歓声を上げ遊びだした。元水泳部のTさんは、大胆にも圭太を背中に乗せ泳ぎ回る。

わたしは肝をつぶしたが、「これでいいこれでいい」と自分に言い聞かせていた。

また、Aさんのお母さんも、「圭太ちゃん、圭太ちゃん」とよく遊んでくれていた。

それがきっかけで、夏は海に行く楽しみもでき、圭太も少しずつ丈夫になった。

何年か過ぎ、Aさんは故郷の養護施設に職場を変えた。

みかんが届けられるようになったのは、いつごろからだろうか。


それから何年かして、Aさんは大学の二部で、勉強をやり直したいと、上京してきた。

お母さんが病気で、都内の病院に診察にこられたとき、わたしはAさんとお母さんと、久しぶりに、お会いすることができた。年はとられたが、明るく気丈で、「誰かれにみかんを送るのが、楽しみなの」と言われた。

# 絵に描かない幸せ

圭太が、二十歳になったとき、Aさんから圭太に会いたいと言ってきた。「どんな若者になっているのだろう、ぜひぜひに」と言う。

はじめは躊躇した圭太も、あのころの言い尽くせないことを話すと承諾した。

わが家に迎えることになったその日、わたしは朝から張り切って、料理を作った。

夕方、Aさんが来られ、テーブルにつく。

わたしが圭太を呼ぶ。

「どうも……」

圭太が、顔を赤らめ、坐った。

「け、圭太君……」

顔を真っ赤にし、目を潤ませるAさん。

「まあぁ、立派になって……」

「……」

圭太はもじもじと、恥ずかしそうにうつむく。

「Aさんよ、圭太を初めて、海に連れて行ってくれたんだから」

「覚えているわけないものね……ほんとに大きく…」

「そうか、ま、とにかく食べよう、さ」

わたしたちは、ビールのグラスを合わせた。

すこしすると、圭太も気がほぐれたのか、学校のことや、バイトのことなど、ポツリポツリ、Aさんと話をしていた。

「圭太くん、何が好きなの？」

「……ロックかな」

「彼女は？」

「えっ、い、いません」

「ほんとに?」

「友達はいるけど」

圭太は、はにかんで話していた。

ふたりのやりとりをきいていたわたしは、感無量、こんな日が、こうしてきた。厳しかったけど、この日のためにがんばってきたのだ。

絵に描いたような幸せとはよく言われるが、絵に描かない幸せ……ふっと、そんな思いにとらわれた。


……幸せは、そう幾つもパターンはなく、単純である。が、不幸は無数、不幸の人の数ほど、その種類は多い……。

トルストイは、確か『アンナ・カレーニナ』のなかでそんなようなことを書いている。なるほど、幸せなんてそんなものかもしれない、空気や水のように、案外単純なのかもしれない。当時まだ若かったわたしは、感心したものだ。

それから歳月がたち、生活体験を重ねたそのときのわたしは、少々、違う思いにふけっていた。

大トルストイ先生にもの申したい。幸せも、さまざまな形があるよと、言いたい気持ちだったのである。

圭太を育てて本当に良かったと思う。

Aさんはじめ、たくさんの人、ベビーシッターや友人たちに支えられた、綱渡りの生活だった。

年長さんと小学一年のときおせわになった、最後のベビーシッターのむっちゃんは、長野で教師をされている。圭太を連れて一度、長野へと思いながら、果たせないままになっている。

圭太はこんなに頼もしい若者に育っている。あのころ、本当にありがとうという気持ちでいっぱいだ。

そしてまた、独り占めしてごめんねと、心の中で、この圭太の成長を知らずに逝った夫に、そっとつぶやいていた。

うつ病の闘病中、夜、眠れなくて、ベランダでウイスキーを飲む夫に、わたしは、同じように、ウイスキーのグラスを手に、ベランダに出て、夫のそばで飲んでいた。無表情で何も言わない夫の心の中は、どんなだっただろう。

知らんふり、眠ったふりをして、布団でじっとしていたほうが、よかったのかも知れない。いいと思いやったことが、夫にとって、重ぐるしく、つらいことだったのか。

そんなことを、時々考える。


Aさんと圭太の対面から、幾年もが過ぎた。

Aさんは大学院を卒業、地域で女性の社会参加のサポートに、発展途上国の女性の諸問題の取り組みに、また大学で、後輩の指導にと活躍されている。

そして、圭太は、元気に仕事をしている。

わたしはひとり、今年も届けられた早生《はやな》りみかんを、味わっている。

# ボジョレヌーボー

## 青天の霹靂

ワインを一、二本買っておきたいと思い、デパ地下の売り場を見ていた。「ボジョレヌーボー解禁間近、早目にご予約を」の看板が目に入った。

もう今年も残り少ない……年をとるに伴い、一年がたつのが、加速度的に早くなるとは本当である。

あれから一年、早いもの、あっという間の一年だ。

# ボジョレヌーボー

昨年の、ボジョレヌーボー解禁は、十一月の何日だったか。

帰宅すると、玄関もキッチンも、煌々と電気がつけっぱなし。圭太が先に帰っている。ったくう、資源の無駄使い、何度いっても消さない。

心の中でぶつぶつ言いながら、キッチンに来る。

テーブルに、細長い紙包みがあった。

「おかえり」

自分の部屋からきた圭太の、いつにないにこやかな笑顔に驚く。

「それ、お母さんに、どうぞ」

圭太は、テーブルの紙包みを指差す。

「えっ、わたしに?」

「うん」

どういう風の吹きまわし、半信半疑で、わたしはそれを手にとり、紙袋をはがす。ワインだ。頭がくらくらしてきた。

「こ、これを?」

頬をつねってみたい気持ち。

「うん、飲んで、えーと、ほらなんだっけ、今年のワインの売りだし」

「な、なんだっけ……ヌーボー……アールヌーボー」

「違う、えーと、ボジョレヌーボー」

「あ、そうそう」

「どうぞ」

わたしは、あつい頭をさまそうとしている。成人してプレゼントなど、よこしたことはないのに。

「ことしは、十年だかに一度の、ワインの出来がいい年だってね、買いだめすればいいじゃない」

「そうもいきませんよ、ま、しかし、ありがとうよ、あとでいただきますけど……」

「……ちょっと、話がある」

圭太は、真面目な顔で、腰を下ろす。

わたしも、向かい合って坐る。

「……じつは、十二月から、彼女がひとり暮らし始めるので、僕、半分ここで、半分彼女のとこにと、考えていて」

「ええっ？」

やぶから棒、青天の霹靂……なんということか。

「何よ、どういうことなのよ」

まじまじと、圭太の顔を見る。

「だから、うちと彼女のとこ、半分ずつってこと」

「ちょっと待った」

目まいがしそう。圭太に彼女がいることも急襲だが、いきなり同棲とは……。刺激が強すぎる。

「そんなんおかしい、結婚すればいいじゃない」

「……むりですよ、ぼくはまだ二十五で定職なし、結婚なんて考えられませんよ」

圭太の所属する音楽事務所が閉鎖し、事後処理に走り回っていたから、確かに、圭太の言うことも一理はある。

「……行ったり来たりじゃ、いいとこばっか見せ合って、お互いの関係、深まらないじゃない、わたしゃそんな中途半端は嫌いだね」

「僕は、お母さんとは違います」

圭太はさっと立ち、自分の部屋へ行った。

それから十日後、半分というところはあいまいなまま、圭太は必要な荷物をまとめ、区内のアパートに移っていった。

わたしは圭太のこの、あいまいもこなところが気にいらない。なにかにつけ、NOというはっきりした返事をしたがらない。


十一月末に、彼女と三人で食事をした。

どきどきしていたのだが、その方は、さっぱりしたもの言いで、明るくさわやかなお嬢さんだった。大学時代の同級生だという。

それからずっとのつき合いか、と聞くと、

「ま、二、三か月に一度は、連絡取り合っていたよね」

と、二人は顔を見合わせて言った。

「こんな世の中で、好きな人がいるだけでも幸せよね……。できるだけ長く、おつき合いをね」

と言っていた。

こう言うほかに、言いようはない。


圭太が家を出て、わたしは懐かしいひとり暮らしが再開したわけである。

はじめは、緊張していたが、すぐになれた。

十日余りすぎたある夜、帰宅すると、圭太が戻っていた。自分の部屋で、パソコンに向かっているらしい。妙な気分だ。

「はい、ただいま」

「おかえり」

圭太は、いつになくさっと、キッチンに来て、テーブルに腰を下ろす。わたしもなにげに向かい合う。

「彼女、元気?」

「うん」

「仕事、探している?」

「いや、今、先輩の事務所でバイトしている」

「それって、ずっとやれるの?」

「まあ、三か月は大丈夫かな」

「生活費、ちゃんと折半しているでしょ?」

「あたりまえよ」

「とにかく、なんでもいいから働かないと」

「うん、そのつもり」

「今は、好きなことで食べていかれる人なんて、ごくごくわずかよ」

「ああ」

「わたしだって若いときは、あんた育てて仕事して、自分のやりたいことなんて、なに一つできず、必死だったのよ……」

三十八の出産からだから、若いとはいえないのだが。

「……今じゃ、このとおり、好きなことばっか、やっているし」

「お母さんは、ああやるしかなかったんだよね」

「うん、まあ、そういうこと。わたしみたいにシニアから、好きなことをはじめるってのもありよ。人生いろいろだわ。とにかく、働いてください」

「わかってるよ」

圭太は、笑って自分の部屋へ行った。

……お母さんは、ああやるしかなかった……。

その圭太の言葉を、わたしは胸の中で反芻していた。


あれから一年が過ぎた。

今年のボジョレヌーボーは、自分で自分にプレゼントしよう。

わたしは、申込用紙を一枚取った。

## 手違い？　勘違い？

十一月十六日、出かけようと仕度しているとき、チャイムが鳴った。

インターホンで聞くと、

「K急便です、お届けものを」

なんだろうと、急いでドアを開け受け取る。

ワインだ。ボジョレヌーボー解禁日に、二日も早いけど、ま、いいか。

友達の待ち合わせの時間が迫っている。

明日は燃えるゴミの日だ。

ワインも見たい。

さっと宛名のラベルをはがし、生ゴミ袋にいれ、口をきつく縛る。ガムテープを切りワインを二本出す。ゆっくり見ている時間はない。

わたしはゴミ袋を、玄関前に置いて出かけた。

今夜は、帰りが遅い。明日の朝のゴミだしに、起きられそうもない。夜のうちに出しておくつもりだ。

翌日の昼前、K急便から電話があった。

「申し訳ありません、Tデパートさんからのワインを、手違いで昨日、配達してしまいました」

「えっ、やっぱりね、いいですよ、一日や二日違ったって……でも、Tデパートじゃあなくて Sデパートのはずですけど」

「あ、そうでしたか……すみませんが十八日必着のシール、貼ってあるか、見ていただけませんか」

「はあ」

急いで箱を見ると、確かに、十八日とある。

「十八日ってありましたよ」

「本当に、すみませんでした、T、いやSデパートさんには、こちらから、お詫びの電話を入れておきますから」

恐縮の電話は終わった。

おかしなことだと思ったが、ワインが変わるわけじゃなし、ま、フランスとは時差だってあるわけだから……。

レトロな洋館のラベルのワインを見ながら、味わうのはやはり明日のボジョレヌーボーの日と、テーブルの真ん中に置いたのである。

翌十八日、昼前にチャイムの音で、インターホンに出る。

「Y運輸です、お届けものですが」

あわてて出てみると、なんとワインだ。

「はあ」

受け取り、ラベルを見る。確かに自分の字、差出人の欄、同上の文字の前に「御」のはんこがついてある。

しまった！　……ということは……。

「あの、なにか?」

宅配便の青年は、わたしの顔を見て言う。

「ごめんなさい、なんでもないの、はんこね、はんこ」

わたしは、あわててはんこを押した。

これはいったい、どういうことか。また、大失策をしてしまった。

差出人の紙は、もう焼却炉へと向かっている。

この数年、ワイン、ボジョレヌーボーのプレゼントは……。圭太たちかも。そう、きっとそうだ。

わたしは少し気持ちが軽くなった。戻ったとき、聞くことにしよう。以後気をつけるべし。

さて、今年のワインはと、まずは自分の贈り物のほうを開けていた。もう一方は、送り主が判明してからにしよう。


何日かして、圭太が戻った。

聞いてみると、いや、違うと言う。彼女も違うとのこと。

「ど、どうしよう……」

疲れが、どうっとでた。

「ちゃんと、見てから捨てること」

圭太は、またかと、呆れ顔で言う。

誰からか、知る手立てはない。友人に聞いてまわるなど、失礼なことは、できるわけがない。

わたしにワインを送ってくれた方、本当にごめんなさいと、心の中で頭をさげていた。

# 二〇〇五年の大晦日

バタバタと忙しないままに年末になる。

圭太が帰宅との電話で、とりあえずそばだけでも、と、いそいそとそばを用意した。

久しぶりに圭太と向き合い、そばを食べる。

「来年、結婚するよ」

「えっ！　そ、それはおめでとう。で、きちんと……、んんーんと、仕事とかや大丈夫なの？」

「ああ、こんど事務所、このうちと割と近くに越す。仕事も増えそう」

良かった。まずはほっと胸をなでおろす。

一昨年の秋からのA子さんとの同棲。

当初、結婚すればと言うわたしに、生活も仕事も不安定だから（音楽事務所でミキシングをやっている）結婚は考えられないと言った圭太だが、一年ちょっとの間に話し合い、決意をしたらしい。

地味婚よね？　彼女の仕事は？　住まいは？　いつごろになるの？

むずむずと嬉しさがこみ上げ、矢継ぎ早のわたしの質問に、圭太は淡々と答える。

彼女の職場が遠すぎるので、こっちのほうで仕事を見つけてから。自分の事務所もここの近くになるし、アパートも変わらないと、とのことである。

「えっ？　そうか……」

わたしは複雑な思いだった。あまり近くは困る。今、シナリオセンターで勉強中。映画ははまっているどころかシネマ中毒状態、陶芸も太極拳もと、猛烈おばさんのわたしだ。スープの冷めない距離は、……こまる。もう少し離れていたいのが本音なのだ。

「あまり近くないほうがよくない？」

「……彼女のこと、考えてってこと？」

「……ま、まあ、そういうこと」

複雑な心中は説明しがたい。面倒になって相づちを打っていた。

とりあえず久しぶりで食事をと、年明け早々三人で会うことにして、二〇〇六年の元旦、圭太は夕方帰っていった。

年賀状を書きながらわたしの気分は上々。今年はわたしも負けずにシナリオの勉強、がんばるぞと、決意を新たにしていた。

年末から延び延びになっていた、若いシネマフレンドNさんと正月早々映画を観た。会うやいなやわたしがその話をする。

「えっ！　おめでとうございます。……くっくっくっ、圭太くん、正座して三つ指ついて話したのですか」

「はあ？　そんなことやるわけないじゃん、そば食べながらさりげなくですよお」

銀座をそぞろ歩きながら、Nさんとわたしは笑い転げていた。

その数日後、三人で食事をした。

一年ちょっとの間にA子さんは少し大人っぽくなっていた。

「おめでとうっていうか……、ほんとうにありがとう。……仕事も生活も不安定で、……よく決心してくれたわね」

「いいえ、わたしこそ……うちの親も、圭太さんに、同じことを言っていました」

A子さんは嬉しそうに話す。

「……日比谷で初めてお会いして、一年二か月ぶりですよね」

「えっ？　もっと経っているよ」

と圭太。

「……たしか一昨年のボジョレヌーボーのときでしょ、いきなりワインをくれて、一緒に住むって始まったわけだから」

A子さんと圭太は顔を見合わせる。

「違う違う、この間アパート、更新したから二年前だよね」

圭太がA子さんをみる。A子さんは笑って頷く。

「ええっ？　……じゃあボジョレヌーボー、一昨年じゃなくて、その前の年だった？」

「そういうこと」

「ひやあ、歳月がたつの、早すぎい……」

わたしは、ひそかに衝撃を受けていた。

この頃、こんな具合に日にちが経つのが、気味悪いほどに早く感じる。


「お待たせしました」

しゃぶしゃぶの鍋が掛けられた。

「さあ、いっぱい食べてね」

「うまそう」

二人は顔を見合わせ、鍋に肉を入れはじめていた。

# あとがき

歳月は容赦なく過ぎる。

還暦にピアスと騒いだのが昨日のよう。

が、いまや六十代の半ばを過ぎている。


とはいえ、にぎにぎしくも愉快なこの数年……。

若いときには想像もつかなかったシニアライフである。

わたしをとりこにした映画と、たくさんのシネマフレンド。そしてシナリオ・センターの先生方と同窓生。

たくさんの人の息吹のなかで、ほんの少しずつわたしは前にすすんでいる。

そしてビッグイベントは息子の結婚だ。

彼がいたから、わたしはどんなときもがんばれた。

どうかおもいきりとびたって。わたしが果たせなかったこと——一人の人と向き合い、晴れの日も嵐のときも、力を合わせ歩み、長い時をかけて愛を育てて——と、心から願っている。

綱わたりのような幼少期には、わたしの友達、何人ものベビーシッターさん、そして母や弟の家族などなど、大勢の支えのなかで成長したことを、忘れないでください。


最後に、つらつらと書きつらねたエッセイを、読みやすく整理しなおし、世に送り出してくれたいりすの松坂尚美さん、そして、いつもあたたかい眼差しで励ましてくださった文学仲間の皆さん、ほんとうに感謝感謝です。

わたしは都市が好き。
大勢の人々の善だか、悪だか、悲しみだか、よろこびだかが、ぶくぶくあぶくを噴いている巨大都市の片隅で、わたしは生きていきたい。

二〇〇六年九月

中沢　里乃

中沢　里乃（なかざわ　りの）

1939年9月　大阪府堺市生まれ。
1945年3月　父の故郷香川県に移住。
1958年4月　高校卒業後看護学校に入学、上京。
　　　　　以来、東京暮らし。

〈著書〉
『つかずはなれず――my子連れライフ』（みずち書房）
『続　つかずはなれず――ハートでダッシュ』（みずち書房）
『歩きかたを変えてみたら』（汐文社）

ぶくぶくあぶくの東京暮らし

2006年10月15日　初版1刷発行 ©

著　者　中沢　里乃
発行者　川上　　徹
発行所　株式会社同時代社
〒101-0065 東京都千代田区西神田2-7-6
TEL 03-3261-3149　　FAX 03-3261-3237

企画・制作　い り す
〒162-0842 新宿区市谷砂土原町3-3-201
TEL 03-5261-0526　　FAX 03-5261-0527

印刷・製本　モリモト印刷株式会社

定価はカバーに表示してあります。落丁・乱丁はおとりかえいたします。
ISBN4-88683-587-2